U0026529

# 射鵰英雄傳

第七卷

## 海島巨變

吳作人「鷹擊長空」：吳作人，當代著名畫家，原在比利時專攻油畫，後來在國畫上也有很大成就，尤其水墨畫獨創風格。

成吉思汗像。原圖藏故宮博物院。圖中的成吉思汗相貌過於慈和，似乏英氣。

成吉思汗所用的馬鐙。他死後傳給其壻，其壻又傳給子孫。

成吉思汗用過的木碗，現藏Mandal Gobi附近的一所喇嘛寺中。

俄國人所製的蒙古式頭盔，現藏莫斯科克里姆林宮博物院。俄國曾為蒙古人統治達四百年之久。

成吉思汗聽道圖：波斯畫家所繪，或許即繪他聽丘處機講述長生之道。

成吉思汗伐金圖：波斯畫家繪。現藏大英博物館。

成吉思汗攻打花剌子模城池：古波斯歷史家拉施特所作「黃金史」中的插畫。

成吉思汗致訓圖：成吉思汗攻破花剌子模城池，在回教寺院中致訓。古波斯畫家繪。

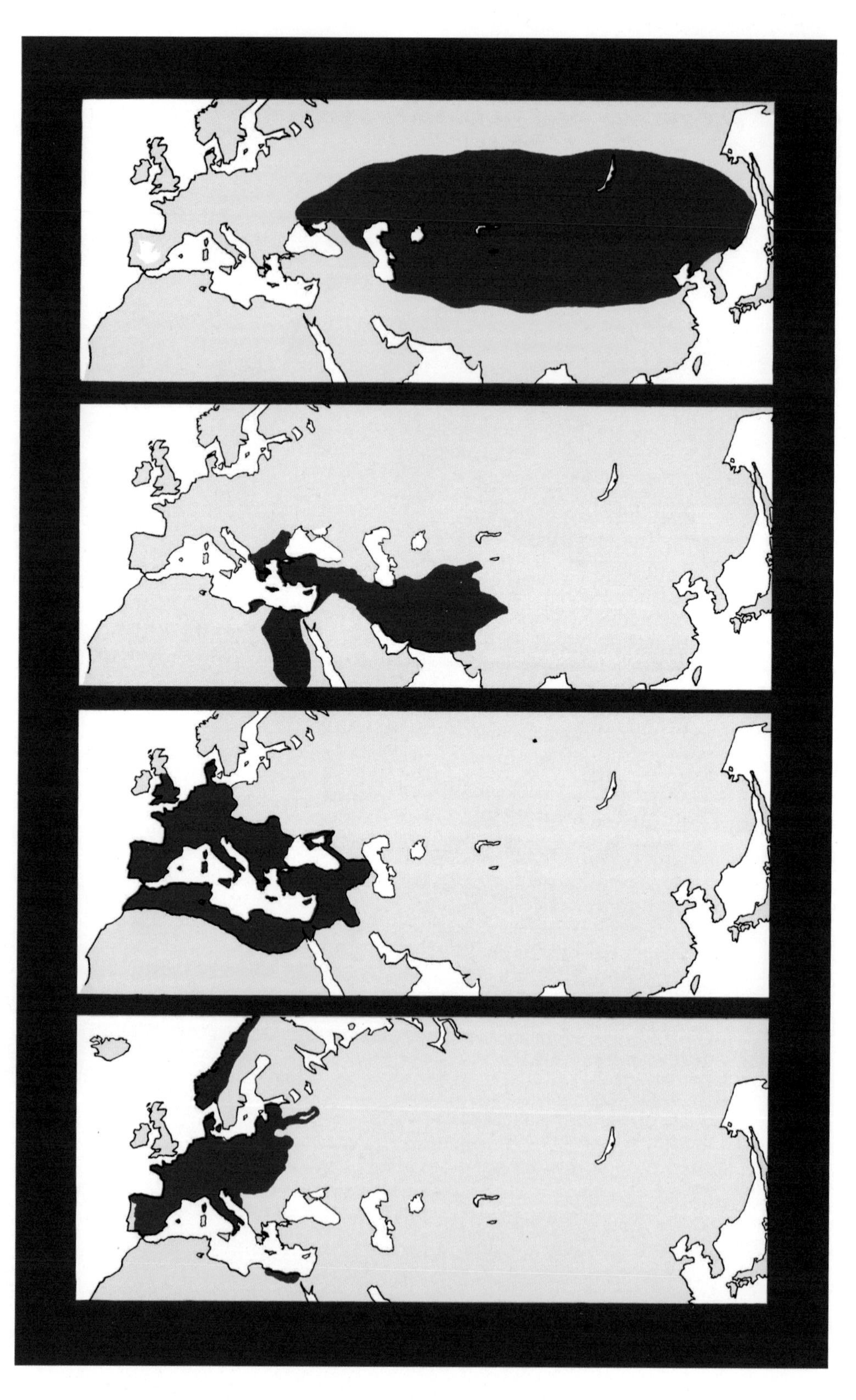

四大帝國的比較：（自上至下）1.成吉思汗的蒙古帝國；2.亞力山大帝國；3.羅馬帝國；4.拿破崙帝國。成吉思汗的蒙古帝國，只指在他生時所征服的土地，他後代子孫更向北、向南、向西大舉擴充，領域遠較圖中的紅色部分為大。

窩闊台像。原圖藏故宮博物院。此圖可能比較近似窩闊台的原貌，左眼角的大黑斑，相信不會是畫家胡亂加上去的，所戴尖頂氈帽是蒙古人的帽式。

旭烈兀汗大宴圖：波斯畫家作，現藏伊朗德黑蘭皇家圖書館。

羣獸圖：波斯畫家作。羣獸是波斯畫的筆法，背景竹木花卉則是中國畫風格。由此圖可見到蒙古人西征，將中國文化傳播到了西方。原圖現藏伊斯坦堡大學圖書館。

張茂「雙鴛鴦圖」：張茂，臨安人，宋光宗時畫院畫師，與周伯通是同時代人。圖中的一對白頭鴛鴦，正有「春波碧草，曉寒深處，相對浴紅衣」之境。

錢松嵒「南湖曉霽」圖：錢松嵒，當代國畫家。

嘉興南湖煙雨樓

# 射鵰英雄傳

大字版

⑦海島巨變

金庸

大字版金庸作品集⑮

# 射鵰英雄傳

(7)海島巨變「公元2003年金庸新修版」

*The Eagle-shooting Heroes, Vol. 7*

作　者／金　庸

*Copyright © 1959,1976,2003,by Louis Cha. All rights reserved.*

*本書由明河社出版有限公司授權遠流出版公司在臺灣地區出版發行。

封面設計／唐壽南　內頁插畫／姜雲行

發行人／王榮文

出版・發行／遠流出版事業股份有限公司

臺北市中山北路一段11號13樓

電話／2571-0297　傳真／2571-0197　郵撥／0189456-1

□2003年8月1日　初版一刷

□2024年8月1日　二版十刷

大字版　每冊*380*元（本作品全八冊，共3040元）

〔另有典藏版共36冊（不分售），平裝版共36冊，新修版共36冊，新修文庫版共72冊〕

有著作權・侵害必究（缺頁或破損的書，請寄回更換）

ISBN　978-957-32-8121-4（套：大字版）

ISBN　978-957-32-8119-1（第七冊：大字版）

Printed in Taiwan

YLib 遠流博識網

http://www.ylib.com　E-mail:ylib@ylib.com

# 目錄

一燈大師述說當年與劉貴妃之間的種種恩怨愛憎。郭靖與黃蓉坐在他面前蒲團上傾聽。漁樵耕讀四弟子侍立一燈大師身後。

# 第三十一回　鴛鴦錦帕

一燈大師低低嘆了口氣道：「其實眞正的禍根，還在我自己。我乃大理國小君，雖不如中華天子那般後宮三千，但后妃嬪御，人數也甚衆多，這當眞作孽。想我自來好武，少近婦人，連皇后也數日難得一見，其餘貴妃宮嬪，更甚少有親近的時候。」說到此處，向四名弟子道：「這事的內裏因由，你們原也不知其詳，今日好教你們明白。」

黃蓉心道：「他們當眞不知，總算沒騙我。」只聽一燈說道：「我衆妃嬪見我日常練功學武，有的瞧著好玩，纏著要學，我也就隨便指點一二，好教她們練了健身延年。內中有個姓劉的貴妃，天資特別穎悟，竟然一教便會，一點即透，難得她年紀輕輕，整日勤修苦練，武功大有進境。也是合當有事，那日她在園中練武，卻給周伯通周師兄撞見了。那位周師兄是個第一好武之人，生性又天眞爛漫，不知男女之防，眼見劉貴妃練得起勁，立即上前跟她過招。周師兄得自他師哥王眞人的親傳，劉貴妃又怎能是他對手……」黃蓉低聲道：「啊喲，他出手不知輕重，定是將劉貴妃打傷了？」

一燈大師道：「人倒沒打傷，他是三招兩式，以點穴法將劉貴妃點倒，隨即問她服是不服。劉貴妃自然欽服。周師兄解開她穴道，甚是得意，便即高談闊論，說起點穴功夫的秘奧來。劉貴妃本來就在求我傳她點穴功夫，可是你們想，這門高深武功，我如何能傳給後宮妃嬪？周師兄這麼說，正投其所好，當即恭恭敬敬的向他請教。」

黃蓉道：「咳，那老頑童可得意啦。」一燈道：「你識得周師兄？」黃蓉笑道：「我們是老朋友了，他在桃花島上住了十多年沒離開一步。」一燈道：「他這樣的性兒，怎能躭得住？」黃蓉笑道：「是給我爹爹關著的，最近才放了他。」一燈點頭道：「這就是了。周師兄身子好罷？」黃蓉道：「身子倒好，就是越老越瘋，不成體統。」指著郭靖，抿嘴笑道：「老頑童跟他拜了把子，結成了義兄義弟。」

一燈大師忍不住莞爾微笑，接著說道：「這點穴功夫除了父女、母子、夫婦，向來是男師不傳女徒，女師不傳男徒的……」黃蓉道：「爲甚麼？」一燈道：「男女授受不親啊。你想，若非周身穴道一一摸到點到，這門功夫焉能授受？」黃蓉道：「那你不是點了我周身穴道麼？」那漁人與農夫怪她老是打岔，說些不打緊的閒話，齊向她橫了一眼。黃蓉也向兩人白眼，道：「怎麼？我問不得麼？」一燈微笑道：「問得問得。你是小女孩兒，又當重傷，自作別論。」黃蓉道：「好罷，就算如此。後來怎樣？」

一燈道：「後來一個教一個學，周師兄血氣方剛，劉貴妃正當妙齡，兩個人肌膚相接，日久生情，終於鬧到了難以收拾的田地……」黃蓉欲待詢問，口唇一動，終於忍住，只聽一燈接著道：「有人前來對我稟告，我心中雖氣，礙於王眞人面子，只裝作不曉，那知後來卻給王眞人知覺了，想是周師兄性子爽直，不善隱瞞……」黃蓉再也忍不住，問道：「甚麼啊？怎麼鬧到難以收拾？」一燈一時不易措辭，微一躊躇才道：「他們並非夫婦，卻有了夫婦之事。」

黃蓉道：「啊，我知道啦，老頑童和劉貴妃生了個兒子。」一燈道：「唉，那倒不是。他們相識才十來天，怎能生兒育女？王眞人發覺之後，將周師兄綑縛了，帶到我跟前來讓我處置。我們學武之人義氣爲重，女色爲輕，豈能爲一個女子傷了朋友交情？我當即解開他的綑縛，並把劉貴妃叫來，命他們結成夫婦。那知周師兄大叫大嚷，說道本來不知這是錯事，既然這事不好，那就殺他頭也決計不幹，無論如何不肯娶劉貴妃爲妻。當時王眞人大爲惱怒，嘆道：若不是早知他傻裏傻氣，不分好歹，做出這等大壞門規之事來，早已一劍將他斬了。」

黃蓉伸了伸舌頭，笑道：「老頑童好險！」

一燈接著道：「這一來我可氣了，說道：『周師兄，我確是甘願割愛相贈，豈有他意？自古道：兄弟如手足，夫妻如衣服。區區一個女子，又當得甚麼大事？』」

黃蓉急道：「呸，呸，師伯，你瞧不起女子，這幾句話簡直胡說八道。」那農夫再也忍不住了，大聲道：「你別打岔，成不成？」黃蓉道：「他說話不對，我定然要駁。」在漁樵耕讀四人，一燈大師既是君，又是師，對他說出來的話，別說口中決不會辯駁半句，連心中也奉若神明，但聽得黃蓉信口恣肆，都不禁又驚又怒。

一燈大師卻不在意，續道：「周師兄聽了這話，只是搖頭。我心中更怒，說道：『你若愛她，何以堅執不要？若不愛她，又何以做出這等事來？我大理國雖是小邦，豈容得你如此上門欺辱？』周師兄呆了半晌，突然雙膝跪地，向著我磕了幾個響頭，說道：『段皇爺，是我的不是，你要殺我，也是該的，我不敢還手，也決不逃避。請你快快殺了我罷！』我萬料不到他竟會如此，只道：『我怎會殺你？』他道：『那麼我走啦！』從懷中抽出一塊錦帕，遞給劉貴妃道：『還你。』劉貴妃慘然一笑不接。周師兄鬆了手，那錦帕落在我足邊。周師兄重重打了自己幾個耳光，打得滿臉是血，向我磕頭告別，此後就沒再聽到他音訊。王真人向我道歉再三，不住賠罪，跟著也走了，聽說他不久就撒手仙遊。王真人英風仁俠，並世無出其右，唉……」

黃蓉道：「王眞人的武功或許比你高這麼一點兒，但說到英風仁俠，我看也就未必勝得過師伯。他收的七個弟子就都平平無奇，差勁得很，恐怕比不上你的四位弟子。」

一燈道：「全眞七子名揚天下，好得很啊！」黃蓉扁嘴道：「完全不見得！武功人品都是漁樵耕讀強些！」又問：「那塊錦帕後來怎樣？」

四弟子聽她稱讚自己，都有點高興，但又都怪她女孩兒家就只留意這些手帕啦、衣服啦的小事，卻聽師父說道：「我見劉貴妃失魂落魄般的呆著，好生氣惱，拾起錦帕，見帕上織著一幅鴛鴦戲水之圖，咳，這自是劉貴妃送給他的定情之物。我冷笑一聲，見鴛鴦之旁，還繡著一首小詞……」黃蓉忙問：「可是『四張機，鴛鴦織就欲雙飛』？」那農夫厲聲喝道：「連我們也不知，你怎麼又知道了？老胡說八道的打岔！」一燈大師嘆道：「正是這首詞，你也知道了？」

此言一出，四大弟子相顧駭然。

郭靖跳了起來，叫道：「我想起啦。那日在桃花島上，周大哥給毒蛇咬了，神智迷糊，嘴裏便反來覆去的念這首詞。正是，正是……四張機，鴛鴦織就……又有甚麼甚麼頭先白。蓉兒，還有甚麼？我記不得了。」黃蓉低聲念道：「四張機，鴛鴦織就欲雙飛。可憐未老頭先白。春波碧草，曉寒深處，相對浴紅衣。」

郭靖伸掌一拍大腿，道：「一點兒也不錯。周大哥曾說美貌女子見不得，一見就會做錯了事也不知道，得罪好朋友，惹師哥生氣，又說決不能讓她摸你周身穴道，否則要倒大霉。蓉兒，他還勸我別跟你好呢。」黃蓉嗔道：「呸，老頑童，下次見了，瞧我擰不擰他耳朵！」忽然噗哧一聲笑了出來，道：「那天在臨安府，我隨口開了個玩笑，說他娶不到老婆，老頑童忽然發了半天脾氣，顛倒爲了這個。」郭靖道：「我聽瑛姑唸這首詞，總好像是聽見過的，可是始終想不起來。咦，蓉兒，瑛姑怎麼也知道？」黃蓉嘆道：「唉，瑛姑就是那位劉貴妃啊。」

四大弟子中只有那書生已猜到了五六成，其餘三人都大爲驚異，一齊望著師父。

一燈低聲道：「姑娘聰明伶俐，不愧是藥兄之女。劉貴妃小名一個『瑛』字。那日我將錦帕擲了給她，此後不再召見。我鬱鬱不樂，國務也不理會，整日以練功自遣……」黃蓉插嘴道：「師伯，其實你心中很愛她啊，你知不知道？如果不愛，就不會老是不開心啦。」四大弟子惱她出言無狀，齊聲叫道：「姑娘！」黃蓉道：「怎麼？我說錯了？師伯，你說我錯了麼？」

一燈黯然道：「此後大半年中，我沒召見劉貴妃，但睡夢之中卻常和她相會。一天晚上半夜夢迴，再也忍耐不住，決意前去探望。我也不讓宮女太監知曉，悄悄去她寢宮，想瞧瞧她在幹些甚麼。剛到她寢宮屋頂，便聽得裏面傳出一陣兒啼之聲。咳，屋面上霜濃風寒，我竟怔怔的站了半夜，直到黎明方才下來，就此得了一場大病。」

黃蓉心想他以皇帝之尊，深更半夜在宮裏飛簷走壁，去探望自己妃子，實在大是奇事。四弟子卻想起師父這場病不但勢頭兇猛，而且纏綿甚久，以他這身武功，早就風寒不侵，縱有疾病，也不致久久不愈，此時方知當年他心中傷痛，自暴自棄，才不以內功抵禦病魔。

黃蓉又問：「劉貴妃給你生了個兒子，豈不甚好？師伯你幹麼要不開心？」一燈道：「傻孩子，這孩子是周師兄生的。」黃蓉道：「老頑童早就走啦，難道他又偷偷回來跟她相會？」一燈道：「不是的。你沒聽見過『十月懷胎』這句話嗎？」

黃蓉恍然大悟，道：「啊，我明白啦。那小孩兒一定生得很像老頑童，兩耳招風，鼻子翹起，否則你怎知不是你生的呢？」一燈大師道：「那又何必見到方知？這些日子中我不曾和劉貴妃親近，孩子自然不是我的了。」黃蓉似懂非懂，但知再問下去必定不妥，也就不再追問。

只聽一燈道：「我這場病生了大半年，痊愈之後，勉力排遣，也不再去想這回事。過了兩年有餘，一日夜晚，我正在臥室裏打坐，忽然門帷掀起，劉貴妃衝了進來。門外的太監和兩名侍衛急忙阻攔，卻那裏攔得住，都給她揮掌打了開去。我抬起頭來，只見她臂彎裏抱著孩子，臉上神色驚恐異常，跪在地下放聲大哭，只是磕頭，叫道：『求皇爺開恩，大慈大悲，饒了孩子！』

「我起身一瞧，只見那孩子滿臉通紅、氣喘甚急，抱起來細細查察，他背後肋骨已折斷了五根。劉貴妃哭道：『皇爺，賤妾罪該萬死，但求皇爺赦了孩子的小命。』我聽她說得奇怪，問道：『孩子怎麼啦？』她只是磕頭哀求。我問：『是誰打傷他的？』劉貴妃不答，只哭叫：『求皇爺開恩饒了他。』我摸不著頭腦。她又道：『皇爺賜我的死，我決沒半句怨言，這孩子，這孩子……』我道：『誰又來賜你死啦？到底孩子是怎麼傷的？』劉貴妃抬起頭來，顫聲道：『難道不是皇爺派侍衛來打死這孩子麼？』我知事出蹺蹊，忙問：『是侍衛打傷的？那個奴才這麼大膽？』劉貴妃叫道：『啊，不是皇爺的聖旨，那麼孩子有救啦！』說了這句話，就昏倒在地。

「我將她扶起，放在床上，把孩子放在她身邊。過了半晌，她才醒了轉來，拉住我手哭訴。原來她正拍著孩子睡覺，窗中突然躍進一個蒙了面的御前侍衛，拉起孩子，在他背上拍了一掌。劉貴妃急忙上前阻攔，那侍衛將她推開，又在孩子胸口拍了一掌，這才哈哈大笑，越窗而出。那侍衛武功極高，她又認定是我派去殺她兒子，當下不敢追趕，逕行來我寢宮求懇。

「我越聽越驚奇，再細查孩子的傷勢，卻瞧不出是被甚麼功夫所傷，只是帶脈已給震斷，那刺客實非庸手。可是他又顯然手下留情，孩子如此幼弱，居然身受兩掌尚有氣息。當下我立即到她的臥室查看，瓦面和窗檻上果然留著極淡的足印。我對劉貴妃道：『這刺客本領甚高，尤其輕功非同小可。大理國中除我之外，再沒第二人有此功力。』劉貴妃忽然驚呼：『難道是他？他幹麼要殺死自己兒子？』她此言一出，臉色登時有如死灰。」

黃蓉也低低驚呼一聲，說道：「老頑童不會這麼壞罷？」一燈大師道：「當時我卻以爲定是周師兄所爲。除他之外，當世高手之中，又有誰會無緣無故的來加害一個孩兒？料得他是不願留下孽種，貽羞武林。劉貴妃說出此言，又羞又急，又驚又愧，不知如何是好，忽然又道：『不，決不是他！那笑聲定然不是他！』我道：『你在驚惶之中，怎認得明白？』她道：『這笑聲我永遠記得，我做了鬼也忘不了！不，決不是他！』」

衆人聽到這裏，身上都驟感一陣寒意。郭靖與黃蓉心中泛起瑛姑的言語容貌，想像當日她說那幾句話時咬牙切齒的神情，不禁凜然生怖。

一燈大師接著道：「當時我見她說得如此斬釘截鐵，也就信了。只猜想不出刺客到底是誰。我也曾想，難道是王眞人的弟子馬鈺、丘處機、王處一他們之中的一個？爲了保全全眞教聲譽，竟爾千里迢迢的趕來殺人滅口……」

郭靖口唇動了一下，要待說話，只不敢打斷一燈大師的話頭。一燈見了，道：「你想說甚麼，但說不妨。」郭靖道：「馬道長、丘道長、王道長他們都是俠義英雄，決不做這等惡事。」一燈道：「王處一我曾在華山見過，人品不錯。旁人如何就不知了。不過若是他們，輕輕一掌就打死了孩兒，卻何以又打得他半死不活？」

他抬頭望著窗子，臉上一片茫然，十多年前的這個疑團，始終沒能在心中解開，禪院中一時寂靜無聲，過了片刻，一燈道：「好，我再說下去……」

黃蓉忽然大聲道：「確然無疑，定是歐陽鋒。」一燈道：「後來我也猜想到他。但歐陽鋒是西域人，身材高大，比常人要高出一個頭。據劉貴妃說，那兇手卻又較常人矮小。」黃蓉道：「這就奇了。」

一燈道：「我當時推究不出，劉貴妃抱著孩子不停哭泣。這孩子的傷勢雖沒黃姑娘這次所受的沉重，只是他年紀幼小，抵擋不住，若要醫愈，也要我大耗元氣。我躊躇良久，見劉貴妃哭得可憐，好幾次想開口說要給他醫治，但每次總想到只要這一出手，日後華山二次論劍，再也無望獨魁羣雄，九陰眞經休想染指。唉，王眞人說此經是武林的一大禍端，傷害人命，戕賊人心，當眞半點不假。爲了此經，我仁愛之心竟然全喪，一直沉吟了大半個時辰，方始決定爲他醫治。唉，在這大半個時辰之中，我實是個禽獸不如的卑鄙小人。最可恨的是，到後來我決定出手治傷，也並非改過遷善，只是抵擋不住劉貴妃的苦苦哀求。」

黃蓉道：「師伯，我說你心中十分愛她，一點兒也沒講錯。」

一燈似沒聽見她的話，繼續說道：「她見我答應治傷，喜得暈了過去。我先給她推宮過血，救醒了她，然後解開孩子的內衣，以便用先天功給他推拿，那知內衣一解開，露出了孩子胸口的肚兜，登時教我呆在當地，做聲不得。但見肚兜上織著一對鴛鴦，旁邊繡著那首『四張機』的詞，原來這個肚兜，正是用當年周師兄還給她那塊錦帕做的。劉貴妃見到我的神情，知道事情不妙，她臉如死灰，咬緊牙關，從腰間拔出一柄匕首對著自己胸口，叫道：『皇爺，我對你不住，再沒面目活在人世，只求你大恩大德，准我用自己性命換了孩子性命，我來世做犬做馬，報答你恩情。』說著匕首一落，猛往心口插入。」

眾人雖明知劉貴妃此時尚在人世，但也都不禁低聲驚呼。

一燈大師說到此處，似乎已非向眾人講述過去事蹟，只是自言自語：「我急忙使擒拿法將她匕首奪下，饒是出手得快，但她匕首已傷了肌膚，胸口滲出大片鮮血。我怕她再要尋死，點了她手足穴道，包紮了她胸前傷口，讓她坐在椅上休息。她一言不發，只呆呆的瞧著我，眼中盡是哀懇之情。我們兩人都不說一句話，那時寢宮中只有一樣聲音，就是孩子急促的喘氣聲。

「我聽著孩子的喘氣，想起了許多許多往事：她最初怎樣進宮來，我怎樣教她練武，對她怎樣寵愛。她一直敬重我、怕我，柔順的侍奉我，沒半點違背我心意，可是她從來沒眞心愛過我。我本來不知道，可是那天見到她對周師兄的神色，我就懂了。一個女子眞正全心全意愛一個人的時候，原來竟會這樣的瞧他。她眼怔怔的望著周師兄將錦帕投在地下，眼怔怔的望著他轉身出宮。她這片眼光教我寢不安枕、食不甘味的想了幾年，現在又見到這片眼光了。她又在爲一個人而心碎，不過這次不是爲了情人，是爲她的兒子，是她跟情人生的兒子！

「大丈夫生當世間，受人如此欺辱，枉爲一國之君！我想到這裏，不禁怒火塡膺，一提足，將面前一張象牙圓櫈踢得粉碎，抬起頭來，不覺呆了，我道：『你……你的頭髮怎麼啦？』她好似沒聽到我的話，只望著孩子。我以前眞的不懂，一個人的目光之中，能有這麼多的疼愛，這麼多的憐惜。她這時已知我是決計不肯救這孩子的了，在他還活著的時候，多看一刻是一刻。

「我拿過一面鏡子，放在她面前，道：『你看你的頭髮！』原來剛才這短短幾個時辰，在她宛似過了幾十年。那時她還不過十八九歲，這幾個時辰中驚懼、憂愁、悔恨、懇求、失望、愛憐、傷心，諸般心情夾攻，鬢邊竟現出了無數白髮！

「她全沒留心自己容顏有了改變，只怪鏡子擋住了她眼光，令她看不到孩子，她說：『鏡子，拿開。』她說得很直率，忘了我是皇爺，是主子。我很奇怪，心裏想：她一直愛惜自己容顏，怎麼這時卻全不理會？便將鏡子擲開，只見她目不轉瞬的凝視著孩子，我從來沒見過一個人會盼望得這麼懇切，只盼那孩子能活著。我知道，她恨不得自己的性命能鑽到孩子身體裏，代替他那正在一點一滴消失的性命。」

說到這裏，郭靖與黃蓉同時互望了一眼，心中都想：「當我受了重傷，眼見難愈之時，你也是這樣的瞧著我啊。」兩人不自禁的伸出手去，握住了對方的手，兩顆心勃勃跳動，感到全身溫暖，當聽到別人傷心欲絕的不幸之時，不自禁想到自己的幸福，因爲親愛的人就在自己身旁坐著，因爲對方的傷勢已經好了，不會再死。是的，不會再死，在這兩個少年人心中，對方是永遠不會死的。

只聽一燈大師繼續說道：「我實在不忍，幾次想要出手救她孩子，但那塊錦帕平平正正的包在孩子胸口。錦帕上繡著一對鴛鴦，親親熱熱的頭頸偎倚著頭頸，這對鴛鴦的頭是白的，這本來是白頭偕老的口彩，但爲甚麼說『可憐未老頭先白』？我轉頭見到她鬢邊白髮，身出冷汗，我心中又剛硬起來，說道：『好，你們倆要白頭偕老，卻把我冷冷清清的撇在宮裏做皇帝！這是你倆生的孩子，我爲甚麼要耗損功力來救活他？』

「她向我望了一眼，這是最後的一眼，眼色中充滿了怨毒與仇恨。她以後永遠沒再瞧我，可是這一眼我到死也忘不了。她冷冷的道：『放開我，我要抱孩子！』她這兩句話說得十分嚴峻，倒像她是我的主子，教人難以違抗，我解開了她穴道。她把孩子抱在懷裏，孩子一定痛得難當，想哭，但哭不出半點聲音，小臉兒脹得發紫，雙眼望著母親，求她相救。可是我心中剛硬，沒半點兒慈心。我見她頭髮一根一根的由黑變灰，由灰變白，不知這是我心中的幻象，還是當眞如此，只聽她柔聲道：『孩子，媽沒本事救你，媽卻能教你不再受苦，你安安靜靜的睡罷，孩子，你永遠不會醒啦！』我聽她輕輕的唱起歌兒來哄著孩子，唱得眞好聽，喏喏，就是這樣，就是這樣，你們聽！」

衆人聽他如此說，卻聽不到半點歌聲，不禁相顧駭然。那書生道：「師父，你說得累了，請歇歇罷。」

一燈大師恍若不聞，繼續說道：「孩子臉上露出一絲笑意，但隨即又痛得全身抽動。她又柔聲道：『我的寶貝心肝，你睡著了，身上就不痛啦，一點兒也不苦啦！』猛聽得波的一聲，她一匕首插在孩子心窩之中。」

黃蓉一聲驚呼，緊緊抓住郭靖手臂，其餘各人也均臉上沒半點血色。

一燈大師卻不理會，又道：「我大叫一聲，退了幾步，險些摔倒，心中混混沌沌，一片茫然。只見她慢慢站起身來，低低的道：『總有一日，我要用這匕首在你心口也戳一刀。』她指著自己手腕上的玉環，說道：『這是我進宮那天你給我的，你等著罷，那一天我把玉環還你，那一天這匕首跟著也來了！』」一燈說到這裏，把玉環在手指上又轉了一圈，微微一笑，說道：「就是這玉環，我等了十幾年，今天總算等到了。」

黃蓉道：「師伯，她自己殺死兒子，跟你何干？孩子又不是你打傷的。況且她用毒藥害你，縱使當年有甚仇怨，也一報還一報的淸償了。我到山下去打發她走路，不許她再來滋擾……」

她話未說完，那小沙彌匆匆進來，道：「師父，山下又送來這東西。」雙手捧著一個小小的布包。一燈接過揭開，衆人齊聲驚呼，包內正是那錦帕所做的嬰兒肚兜。錦緞色已變黃，上面織著的那對鴛鴦卻燦然如新。兩隻鴛鴦之間穿了一個刀孔，孔旁是一灘已變成黑色的血跡。

一燈呆望肚兜，淒然不語，過了良久，才道：「鴛鴦織就欲雙飛，嘿，欲雙飛，到頭來總成一夢。她抱著兒子的屍體，長聲哀哭，從窗中一躍而出，飛身上屋，轉眼不見了影蹤。我不飲不食，苦思了三日三夜，終於大徹大悟，將皇位傳給我大兒子，就此出家爲僧。」

他指著四個弟子道：「他們跟隨我久了，不願離開，和我一起到大理城外的天龍寺住。起初三年，四人輪流在朝輔佐我兒，後來我兒熟習了政務，國家清平無事，我們又遇上大雪山採藥、歐陽鋒傷人之事。四個弟子追查歐陽鋒的蹤跡，子柳卻查到瑛姑在湘西桃源林中的沼澤裏隱居，修習武功。我擔心她修練上乘功夫時走火出事，便從大理過來，長時在這荒山上坐禪，盼能就近照料，又派人爲她種樹植林，送她糧食用品……」黃蓉插口道：「師伯，你心中一直十分愛她，捨不得離開她，可不是嗎？」

一燈嘆了口氣，說道：「他們四個不放心，跟著來服侍我，大夥兒搬到了這裏，也就沒再回大理。

「我心腸剛硬，不肯救那孩子性命，此後十來年中，日日夜夜教我不得安息，總盼多救世人，贖此大罪。他們卻不知我的苦衷，總是時加阻攔。唉，其實，就算救活千人萬人，那孩子總是死了，除非我把自己性命還了他，這罪孽又那能消解得了？我天天在等候瑛姑，等她來把匕首刺入我的心窩，怕只怕等不及她到來，我卻壽數已終，這場因果難了。好啦，眼下總算給我盼到了。她又何必在九花玉露丸中混入毒藥？我若知她下毒之後跟著就到，這幾個時辰總支持得住，也不用師弟費神給我解毒了。」

黃蓉氣憤憤的道：「這女人心腸好毒！她早已查到師伯的住處，也知師伯一直在照顧她，就怕自己功夫不濟，處心積慮的在等待時機，剛巧碰到我給裘鐵掌打傷，就指引我來求治。雙管齊下，既讓你耗損了眞力，再乘機下毒，眞想不到我竟成了這惡婦手中害人的鋼刀。師伯，歐陽鋒那幅畫又怎到了她的手裏？這畫又有甚麼干係？」

一燈大師取過小几上那部《大莊嚴論經》，翻到一處，讀道：「昔有一王，名曰尸毘，精勤苦行，求正等正覺之法。一日有大鷹追逐一鴿，鴿飛入尸毘王腋下，舉身戰怖。大鷹求王見還，說道：『國王救鴿，鷹卻不免餓死。』王自念救一害一，於理不然，於是即取利刀，自割股肉與鷹。那鷹又道：『國王所割之肉，須與鴿身等重。』尸毘王命取天平，鴿與股肉各置一盤，但股肉割盡，鴿身猶低。王續割胸、背、臂、脅俱盡，仍不及鴿身之重，王舉身而上天平。於是大地震動，諸天作樂，天女散花，芳香滿路。天龍、夜叉等俱在空中嘆道：『善哉，善哉，如此大勇，得未曾有。』」這雖是神話，但一燈讀得慈悲莊嚴，衆人聽了都不禁感動。

黃蓉道：「師伯，她怕你不肯爲我治傷，是以用這幅畫來打動你。」

一燈微笑道：「正是如此。她當日離開大理，心懷怨憤，定然遍訪江湖好手，意欲學藝以求報仇，料想由此而和歐陽鋒相遇。那歐陽鋒想必代她籌劃了這個方策，繪了這圖給她。此經在西域流傳甚廣，歐陽鋒是西域人，也必知道這故事。」黃蓉恨恨的道：「老毒物利用瑛姑，那瑛姑又來利用我，這是借刀殺人的連環毒計。」一燈嘆道：「你也不須自責，你如不與她相遇，她也必會隨意打傷一人，指點他來求我醫治。只是若無武功高強之人護送，輕易上不得山峯。歐陽鋒此圖繪成已久，安排下這個計謀，少說也已有十年。這十年之中竟遇不著一個機緣，那也是運數該當如此了。」

黃蓉道：「師伯，我知道啦。她還有一件心事，比害你更加要緊。」一燈「啊」了一聲：「甚麼事？」黃蓉道：「老頑童給我爹爹關在桃花島上，她要去救他出來。」將她苦學奇門術數之事說了，又道：「後來得知縱使再學一百年，也難及得上我爹爹，又見我正好受了傷，於是……」

一燈一聲長笑，站起身來，說道：「好了，好了，一了百了，諸事湊合，今日總算得遂她的心願。」沉著臉向四弟子道：「你們好好去接引劉貴妃，不，接引瑛姑上山，不得有半句不敬的言語。」四弟子不約而同的伏地大哭，齊叫：「師父！」

一燈嘆道：「你們跟了我這許多年，難道還不明白師父的心事？」轉頭向靖蓉二人道：「我求兩位一件事。」靖蓉齊道：「但教所命，無有不遵。」一燈道：「好。現下你們這就下山去。我一生負瑛姑實多，日後她如遇到甚麼危難艱險，務盼兩位瞧在老僧份上，盡力援手。兩位如能玉成她與周師兄的美事，老僧更感激無量。」

靖蓉兩人愕然相顧，不敢答應。一燈見兩人不作聲，又追問一句：「老僧這個懇求，兩位難以答允麼？」黃蓉微一猶豫，說道：「師伯既這麼說，我們遵命就是。」一扯郭靖的衣袖，下拜告別。一燈又道：「你們不必和瑛姑見面，從後山下去罷。」黃蓉又答應了，牽著郭靖的手轉身出門。

四弟子見她並無戚容，都暗罵她心地涼薄，眼見自己救命恩人危在頃刻，竟漠不關心的說走便走。

郭靖卻知黃蓉決不肯袖手不顧，必另有計謀，當下跟著她出門。走到門口，黃蓉俯口到他耳邊低低說了幾句話。郭靖停步遲疑，終於點頭，轉過身來，慢慢回房。

一燈道：「你宅心忠厚，將來必有大成。瑛姑的事，我重託你了。」郭靖道：「好！師伯吩咐，晚輩自當盡心竭力。」突然反手抓出，拿住一燈身旁那天竺僧人的手腕，左手乘勢戳去，閉住了他「華蓋」「天柱」兩個大穴。這兩穴一主手，一主足，兩穴遭閉，四肢登時動彈不得。這一著大出人人意料之外，一燈與四大弟子俱各大驚失色，齊叫：「幹甚麼？」郭靖更不打話，左手又往一燈肩頭抓去。

一燈大師見郭靖抓到，右掌翻過，快似閃電，早已拿住他左手手腕。郭靖吃了一驚，心想此際一燈全身已在自己掌力籠罩之下，竟能破勢反擊，而且一擊正中要害，這功夫確是高深之極，只是一燈手掌與他手脈寸關尺甫觸，立顯真力虛弱，這一拿虛晃不穩。郭靖立時奪位逆拿，翻掌扣住他手背麻筋，右掌「神龍擺尾」，擊退漁人與樵子從後攻來的兩招，左手食指前伸，點中了一燈大師脅下的「鳳尾」「精促」二穴，說道：「師伯，對不住之至。」

此時黃蓉已使開打狗棒法，將那農夫直逼到禪房門外。那書生以變起倉卒，未明靖蓉二人用意，連呼：「有話請說，不必動手。」那農夫見師父為人所制，勢如瘋虎，不顧性命的向禪房猛衝，但那打狗棒法何等精妙，連衝三次，都給黃蓉逼得退回原位。郭靖雙掌呼呼風響，使成一個圈子，從禪房裏打將出來，漁人、樵子、書生三人為他掌力所迫，一步步退出房門。黃蓉猛地出招，直取農夫眉心。這一棒迅捷無倫，那農夫一聲「啊也」，向後急仰，平平躍出數尺。黃蓉叫聲：「好！」反手關上背後的房門，笑瞇瞇的道：「各位住手，我有話說。」

那樵子和漁人每接郭靖一掌，都感手臂酸麻，足下踉蹌，眼見郭靖又揮掌擊來，兩人並肩齊上，只待合力抵擋。郭靖聽得黃蓉此言，這一掌發到中途，忽地收住，抱拳說道：「得罪，得罪。」漁樵耕讀愕然相顧。黃蓉莊容說道：「我等身受尊師厚恩，眼見尊師有難，豈能袖手不顧？適才冒犯，實爲意圖相救。」

那書生上前深深一揖，說道：「家師對頭是我們四人的主母，尊卑有別，她找上山來，我們不敢出手。何況家師爲了那……那姓周的小孩之死，十餘年來耿耿於心，這一次就算功力不損，身未中毒，見到那劉貴妃前來，也必不閃不避，袖手受她一刀。我們師命難違，心焦如焚，智窮力竭，不知如何是好。姑娘絕世才華，若能指點一條明路，我輩粉身碎骨，亦當相報大恩大德。」

黃蓉聽他說得如此懇切，倒也不便再如先前那樣和他嬉皮笑臉，說道：「我師兄妹對尊師感恩之心，與四位無異，定當全力以赴。如能阻止瑛姑踏進禪院，自是最好不過，但想她處心積慮，在山下黑泥沼中苦候十餘年，此次必定有備而來，只怕不容易阻擋。小妹想到的法子要冒一個奇險，若能成功，倒可一勞永逸，更無後患。只風險甚大，那瑛姑精明狡猾，武功又高，此計未必能成。但我才智庸愚，實想不出一個萬全之策。」漁樵耕讀齊道：「願聞其詳。」黃蓉秀眉微揚，說出一番話來，只把四人聽得面面相覷，半晌做聲不得。

酉牌時分，太陽緩緩落到山後，山風淸勁，只吹得禪院前幾排棕櫚樹搖擺不定，荷塘中殘荷枯葉簌簌作響。夕陽餘暉從山峯後面映射過來，照得山峯的影子宛似一個極大怪人，橫臥在地。

漁樵耕讀四人盤膝坐在石梁盡處的地下，睜大了眼睛，只向前望，每人心中都忐忑不安。等了良久，天漸昏暗，幾隻烏鴉啞啞鳴叫，先後飛入下面山谷，谷中白霧濛濛升起，但石梁彼端的山崖轉角處仍無人出現。

那樵子心道：「但願得劉貴妃心意忽變，想起此事怪不得師父，竟肯懸崖勒馬，從此不來。」那漁人心想：「這劉貴妃狡詐多智，定是在使甚奸計。」那農夫最是焦躁，心道：「早一刻來，早一刻有個了斷，是禍是福，是好是歹，便也有個分曉。說來卻又不來，好教人惱恨。」那書生卻想：「她來得愈遲，愈是凶險，這件事也就愈難善罷。」他本來足智多謀，在大理國從政多年，甚麼大陣大仗都見過了，但這時竟心頭煩躁，思潮起伏，拿不出半點主意，眼見周圍黑沉沉地，遠處隱隱傳來幾聲梟鳴，突然背上感到一陣寒意：「難道師父當眞逃不過這番劫難，要死在這女子手裏麼？」

正想到此處，忽聽那樵子顫聲低呼：「來啦！」一抬頭，只見一條黑影在石梁上如飛而至，遇到缺口，輕飄飄的縱躍即過，似乎絲毫不費力氣。四人見她武功大進，都感駭異。眼見那黑影越奔越近，四人站起身來，分立兩旁。轉瞬之間，那黑影走完石梁，只見她一身黑衣，面目隱約可辨，正是段皇爺當年十分寵愛的劉貴妃。四人跪倒磕頭，說道：「小人參見娘娘。」

瑛姑「哼」了一聲，橫目從四人臉上掃過，說道：「甚麼娘娘不娘娘？劉貴妃早死了，我是瑛姑。嗯，大丞相，大將軍，水軍都督，御林軍總管，都在這裏。我道皇爺當眞看破世情，削髮爲僧，卻原來躲在這深山之中，還是在做他的太平安樂皇帝。」這番話中充滿了怨毒，四人聽了，心下懍然。

那書生道：「皇爺早不是從前的模樣了。娘娘見了他必定再也認不出來。」瑛姑冷笑道：「你們娘娘長、娘娘短的，是譏刺我麼？直挺挺的跪在這裏，想拜死我麼？」漁樵耕讀四人互視一眼，站起身來，說道：「小的向您請安。」瑛姑把手一擺，說道：「皇爺是叫你們阻攔我來著，又鬧這些虛文幹麼？要動手快動手啊。你們君的君，臣的臣，不知害過多少百姓，對我這樣一個女子還裝甚麼假？」

那書生道：「我皇愛民如子，寬厚仁慈，大理國臣民至今無不稱頌。我皇別說生平絕無殘害無辜，就算別人犯了重罪，我皇也常常法外施恩。娘娘難道不知？」瑛姑臉上一紅，厲聲道：「你敢出言挺撞我麼？」那書生道：「微臣不敢。」瑛姑道：「你口中稱臣，心中豈有君臣之份？我要見段智興去，你們讓是不讓？」

那「段智興」正是一燈大師俗家的姓名，漁樵耕讀四人心中雖知，但從來不敢出之於口，耳聽得瑛姑直斥其名，都不禁凜然。那農夫在朝時充任段皇爺的御林軍總管，這時再也忍耐不住，大聲喝道：「一日爲君，終身是尊，你豈可出言無狀？」

瑛姑縱聲長笑，更不打話，向前便闖，四人各伸雙臂相攔，心想：「她功夫雖高，我四人合力，儘也阻攔得住。今日雖違了師命，事急從權，也說不得了。」豈知瑛姑既不出掌相推，也不揮拳毆擊，施展輕功，迎面直撞過來。

那樵子見她衝到，不敢與她身子相碰，微向旁閃，伸手便抓她肩頭。這一抓出手極快，抓力亦猛，但掌心剛觸到她肩頭，卻似碰到一件異常油膩滑溜之物一般，竟抓之不住。就在此時，農夫與漁人齊聲猛喝，雙雙從左右襲到。

瑛姑一低頭，人似水蛇，已從漁人腋下鑽了過去。漁人鼻中只聞到一陣似蘭非蘭、似麝非麝的幽香，心中略感慌亂，手臂非但不敢向內壓夾她身子，反而向外疾張，生怕碰著她身上甚麼地方。農夫怒道：「你怎麼啦！」十指似鉤，猛向瑛姑腰間揷去。樵子急喝：「不得無禮！」那農夫充耳不聞，剎時之間，十指的指端都已觸及瑛姑腰間，但不知怎的，指端觸處只覺油光水滑，給她一溜便溜了開去。

瑛姑以在黑沼中悟出來的泥鰍功連過三人，已知這四人無法阻攔自己，反手發掌，猛向農夫拍去。書生迴臂出指，逕點她手腕穴道。豈知瑛姑突然伸出食指，快如電光石火，手指尖和他手指尖在空中對準了一碰。此時書生全身精力盡集於右手指，突然間指尖正中一痳，身如電震，叫聲「啊喲」，一交跌翻。樵子與漁人忙俯身相救。農夫左拳直出，猶似鐵鎚般往瑛姑身上擊去。

這一拳勢挾勁風，力道驚人，瑛姑眼見拳風撲面，竟不避讓。那農夫一驚，心想這一拳勢必將她打得腦漿迸裂，急忙收招，但拳面已碰到瑛姑鼻尖。瑛姑腦袋微側，拳鋒便從她鼻尖滑落，在她臉頰上擦過。那農夫左臂不及回縮，手腕已給對方拿住，急忙後奪，只聽得喀的一聲，尚未覺得疼痛，手肘關節已讓她反拳打脫。那農夫一咬牙，更不理會，右手食指急往對方臂彎裏點去。

漁樵耕讀四人的點穴功夫都得自一燈大師的親傳，雖不及乃師一陽指的出神入化，但在武林中也算得是第一流的功夫，豈知遇著瑛姑，剛好撞正了剋星。她處心積慮的要報喪子之仇，深知一燈大師手指功夫厲害，於是潛心思索剋制的手段。她是刺繡好手，竟從女紅中想出了妙法，在右手食指尖端上戴了一個小小金環，環上突出一枚三分來長的金針，針上餵以劇毒，她眼神既佳，手力又穩，苦練數年之後，空中飛過蒼蠅，伸指戳去，金針能將蒼蠅穿身而過。此際臨敵，她一針先將書生的食指傷了，待見那農夫手指點到，冷笑一聲，纖指輕曲，指尖對準指尖，一針又刺在他食指尖端的中心。

常言道：「十指連心」，那食指尖端屬手陽明大腸經，金針刺入，即抵「商陽穴」。那農夫敗中求勝，這一指點出時出了全力，瑛姑卻毫不使勁，只是在恰好時際將金針擺在恰好的處所，不是以針刺他指尖，卻是讓他用指尖自行戳在金針之上。這一針刺入，那農夫虎吼一聲，撲翻在地。

瑛姑冷笑道：「好個大總管！」搶步往禪院奔去。那漁人大呼：「娘娘留步。」瑛姑止步回身，冷笑道：「你待怎地？」這時她已奔至荷塘之前，荷塘與禪寺只一條小石橋相通，瑛姑站在橋頭，瞪目而視，雖在黑夜，僅有微光可辨面目，但那漁人與她一對面，只覺兩道目光冷森森的直射過來，不禁心中凜然，不敢上前動手。瑛姑冷冷的道：「大丞相、大總管兩人中了我的七絕針，天下無人救得。你也想送死嗎？」說罷也不待他答話，轉身緩緩而行，竟不回頭，不理他是否從後偷襲。

一條小石橋只二十來步，將到盡頭，忽然黑暗中轉出一人，拱手道：「前輩您好。」瑛姑吃了一驚，暗道：「此人悄無聲息的突然出現，我竟沒知覺？倘若他暗施毒手，此刻只怕我已非死即傷。」定睛看時，只見他身高膀闊、濃眉大眼，正是自己指點上山的郭靖，便問：「小姑娘的傷治好了嗎？」郭靖躬身說道：「多謝前輩指點，我師妹的傷蒙一燈大師治好了。」瑛姑哼了一聲道：「她怎麼不親來向我道謝？」口中說著，腳下不停，逕自前行。

郭靖站在橋頭，見她筆直走來，忙道：「前輩請回！」瑛姑那來理他，身形微側，展開泥鰍功，從他身側急滑而過。郭靖雖在黑沼茅屋中曾與她動過手，但料不到她說過就過，身子滑溜如此，情急之下，左臂後抄，迴振反彈，卻是周伯通所授「空明拳」的奇妙家數。瑛姑眼見已滑過他身側，不料一股柔中帶韌的拳風忽地迎面撲至，逼得她非倒退不可。她此來有進無退，不管郭靖拳勢猛烈，仍鼓勇直衝。郭靖急叫：「留神！」只感一個女子溫軟的身軀已撲入自己臂彎，大驚之下，足下給瑛姑一勾，兩人同時落向荷塘。

兩人身在半空之時，瑛姑左手從郭靖右腋下穿過，繞至背後抓住他左肩，中指捲曲，扣向郭靖咽喉，大指食指施勁揑落。這是小擒拿手中的「前封喉閉氣」之法，只要一揑而中，敵人氣管封閉，呼吸立絕，最是厲害不過。郭靖身子斜斜下跌，又覺肩頭遭拿，心知不妙，右臂立彎，挾向瑛姑頭頸，這也是小擒拿手中閉氣之法，稱爲「後挾頸閉氣」。瑛姑知他臂力厲害，己所不及，雖搶了先著，卻不能跟他硬碰硬的對攻，忙鬆手放開他肩頭，伸指戳出。郭靖左臂撞開了她手腕。

從石橋落入荷塘，只一瞬之間，但兩人迅發捷收，頃刻間已各向對方施了三招，這近身肉搏，使的都是快速無倫的小擒拿手。瑛姑功力深厚，郭靖卻力大招精，這三招誰也奈何不了誰，撲通一聲，雙雙落入塘中。

塘中污泥約有三尺來深，塘水直浸至兩人胸間。瑛姑左手下抄，撈起一把污泥往郭靖口中抹去。郭靖一怔，忙低頭閃避。瑛姑在泥濘遍地的黑沼一居十餘年，見泥鰍穿泥遊行而悟出了一身泥鰍功，在陸上與人動手過招已滑溜異常，一入軟泥浮沙，更深得地利之便，她將郭靖拉入荷塘，也是知他武功勝己，非逼得他身處困境，難以過橋。她指戳掌打，在污泥中比陸上更迅捷數倍，有時更撈起一團團爛泥，沒頭沒腦的向郭靖抹去。

郭靖雙足深陷，又不敢猛施掌力將她打傷，只拆了四五招，立時狼狽萬分。但聽風聲響處，一團塘泥挾著臭氣撲面而至，忙側頭閃避，那知瑛姑數泥同擲，閃開了兩團污泥，第三團卻給迎面擲個正中，口鼻雙眼登被封住。他久經江南六怪指點，知道身上如中暗器，若手忙腳亂的去拔暗器、看傷口，敵人必乘機搶攻，痛下殺手，此時呼吸已閉，眼目難開，當下呼呼呼連推三掌，教敵人不能近到自己五尺之內，這才伸左手抹去臉上污泥，睜開眼來，卻見瑛姑已躍上石橋，走向禪院。

瑛姑闖過郭靖這一關，心中暗叫：「慚愧！若非此處有個荷塘，焉能打退這傻小子？想來是老天爺今日教我得報此仇。」腳步加快，走向寺門，伸手推去，那門竟未上閂，呀的一聲，應手而開。這一下倒出乎她意料之外，生怕門後設有埋伏，在外面待了片刻，見屋內並無動靜，這才入內，見大殿上佛前供著一盞油燈，映照著佛像寶相莊嚴。瑛姑心中一酸，跪倒在蒲團上暗暗禱祝。

剛默祝得幾句，忽聽身後格格兩聲輕笑，當即左手後揮，劃了個圈子，防敵偷襲，右手在蒲團上一按，借力騰起，在空中輕輕巧巧的轉身，落下地來。只聽得一個女子聲音喝了聲采：「好俊功夫！」定睛看時，只見她青衣紅帶，頭上束髮金環閃閃發光，一雙美目笑嘻嘻的凝視著自己，手中拿著一根晶瑩碧綠的竹棒，正是黃蓉。

只聽她說道：「瑛姑前輩，我先謝你救命之恩。」瑛姑森然道：「我指點你前來求醫，志在害人，並非爲了救你，又何必謝我？」黃蓉嘆道：「世間恩仇之際，原也難明。我爹爹在桃花島上將老頑童周伯通關了一十五年，終也救不活我媽媽的性命。」瑛姑聽她提到周伯通，登時身子劇震，厲聲喝問：「你母親與周伯通有甚干係？」

黃蓉一聽她的語氣，即知她懷疑周伯通與自己母親有甚情愛糾纏，致讓父親關在桃花島上，看來雖事隔十餘年，她對老頑童並未忘情，否則怎麼憑空會吃起這份乾醋來？垂首淒然道：「我媽是給老頑童累死的。」

瑛姑更增懷疑，燈光下見黃蓉肌膚白嫩，容顏嬌媚，自己當年美艷極頂之時，也遠不及她美貌，她母親若與她相似，難保周伯通見了不動心，不禁蹙眉沉思。

黃蓉道：「你別胡思亂想，我媽媽是天人一般，那周伯通頑劣如牛，除了有眼無珠的女子，誰也不會對他垂青。」瑛姑聽她嘲罵自己，但心中疑團打破，反而欣慰，臉上卻仍冷冷的不動聲色，說道：「既有人愛蠢笨如豬的郭靖，自也有人喜歡頑劣如牛之人。你媽媽又怎地給老頑童害死了？」黃蓉慍道：「你罵我師哥，我不跟你說話啦。」說著拂袖轉身，佯作動怒。

瑛姑一心要問明究竟，忙道：「好啦，我以後不說就是。你師哥聰明得很。」黃蓉停步回頭，道：「我師哥毫不聰明，他只忠厚老實，他跟我好了之後，就天塌下來，他還是對我好。那老頑童也不是存心害死我媽，可是我媽不幸謝世，卻是從他身上而起。我爹爹一怒之下，將他打斷了兩條腿，關在桃花島上，可是關到後來，心中卻也悔了。冤有頭，債有主，是誰害死你心愛之人，你該走遍天涯海角，找這眞兇報仇才是。遷怒旁人，又有何用？」這幾句話猶如當頭棒喝，把瑛姑說得呆在當地，做聲不得。

黃蓉又道：「我爹爹自知不該遷怒旁人，早將老頑童放了……」瑛姑驚喜交集，說道：「那就不用我去救他啦？」黃蓉微笑道：「若我爹爹不肯放人，你又救得了老頑童嗎？」瑛姑默然。

瑛姑當年離了大理，隱居黑沼後，曾設法找尋周伯通，起初打探不到消息，後來才輾轉得知他爲黃藥師囚禁桃花島上。那日周伯通在大理不顧她而去，甚是決絕，她知若非有重大變故，勢難重圓，得悉他失手被禁，不由得又悲又喜，悲的是意中人身遭劫難，喜的是這卻是個機緣，若自己將他救出，他豈能不念恩情？那知桃花島上道路千迴百轉，別說救人，連自己也陷了三日三夜，險些餓死。還是黃藥師派啞僕帶路，才送她離島。她回歸黑沼，潛心修習術數之學。這時聽說周伯通已經獲釋，不禁茫然若失，甜酸苦辣諸般滋味，一齊湧上心來。

黃蓉笑吟吟的道：「老頑童最肯聽我的話，我說甚麼他從來不會駁回。你若想見他，這就跟我下山。我為你們撮合良緣，就算是我報答你的救命之恩如何？」這番話只把瑛姑聽得雙頰暈紅，怦然心動。

眼見這場仇殺就可轉化為一樁喜事，黃蓉正自大感寬慰，忽聽啪的一聲，瑛姑雙掌反向背後相互一擊，臉上登似罩了一層嚴霜，厲聲道：「憑你這黃毛丫頭，就能叫他聽你的話？他幹麼要聽你指使？為了你美貌嗎？我無恩於你，也不貪圖你的報答。快快讓路，再遲片刻，莫怪我出手無情。」黃蓉笑道：「啊喲喲，你要殺我麼？」瑛姑雙眉豎起，冷冷的道：「殺了你又怎樣？別人忌憚黃老邪，我卻天不怕地不怕。」黃蓉笑嘻嘻的道：「殺了我不打緊，誰給你解那三道算題啊？」

那日黃蓉在黑沼茅屋的沙地上寫下了三道算題，瑛姑日夜苦思，絲毫不得頭緒。她當初研習術數原是為了相救周伯通，豈知任何複雜奧妙的功夫，既經鑽研，便不免令人廢寢忘食，欲罷不能。她明知這些算題即令解答得出，與黃藥師的學問仍相去霄壤，對救人之事毫無裨益，但好奇之心迫使她殫精竭慮，非解答明白，實難安心，這時聽黃蓉提及，那三道算題立時清清楚楚的在腦海中顯現，不由得躊躇。

黃蓉道：「你別殺我，我教了你罷。」從佛像前取過油燈，放在地下，取出一枚鋼針，在地下方磚上劃出字跡，登時將第一道「七曜九執天竺筆算」計了出來，只把瑛姑看得神馳目眩，暗暗讚嘆。

黃蓉接著又解明了第二道「立方招兵支銀給米題」，這道題目更加深奧。瑛姑待她寫出最後一項答數，不由得嘆道：「這中間果然機妙無窮。」頓了頓，說道：「這第三道題呢，說易是十分容易，說難卻又難到了極處。『今有物不知其數，三三數之賸二，五五數之賸三，七七數之賸二，問物幾何？』我知道這是二十三，不過那是硬湊出來的，要列一個每數皆可通用的算式，卻想破了腦袋也想不出。」

黃蓉笑道：「這容易得緊。以三三數之，餘數乘以七十；五五數之，餘數乘以二十一；七七數之，餘數乘十五。三者相加，如不大於一百零五，即為答數；否則須減去一百零五或其倍數。」瑛姑在心中盤算了一遍，果然絲毫不錯，低聲記誦道：「三三數之，餘數乘以七十；五五數之……」黃蓉道：「也不用這般硬記，我唸一首詩給你聽，那就容易記了：三人同行七十稀，五樹梅花廿一枝，七子團圓正半月，餘百零五便得知。」

瑛姑聽到「三人同行」、「團圓半月」幾個字，不禁觸動心事，暗道：「這丫頭既識得他，自早知我的陰私。三人同行是刺我一女事奉二男，團圓半月卻譏我與他只有十餘日的恩情。」她昔年做下了虧心之事，不免處處多疑，當下沉著聲音道：「好啦，多謝你指點。朝聞道，夕死可矣。你再囉唆，我可容你不得啦？」黃蓉笑道：「朝聞道，夕死可矣。死的是聞道之人啊，倒不曾聽說是要弄死那傳道之人的。」

瑛姑瞧那禪院情勢，知道段皇爺必居後進，眼見黃蓉跟自己不住糾纏，必有詭計，心想這丫頭年紀雖小，精靈古怪不在乃父之下，莫要三十老娘倒綳嬰兒，運糧船撞翻在陰溝裏，爲了看她計算，已躭擱了不少時刻，大事當前，怎地還在無用的術數上耗無謂心思？當下更不打話，舉步向內。轉過佛殿，見前面黑沉沉的沒一星燈火。她孤身犯險，不敢直闖，提高聲音叫道：「段智興，你到底見我不見？在黑暗裏縮頭藏尾，算是甚麼大丈夫的行逕？」

黃蓉跟在她身後，接口笑道：「你嫌這裏沒燈麼？大師就怕燈火太多，點出來嚇壞了你，才教人熄了的。」瑛姑道：「哼，我是個命中要下地獄之人，還怕甚麼刀山油鍋？」黃蓉拍手笑道：「那好極了，我正要跟你玩玩刀山的玩意。」從懷中取出火摺晃亮了，俯身點燃了她身旁地下一個火頭。

豈知自己足邊就有油燈，這倒大出瑛姑意料之外，定睛看時，其實也不是甚麼油燈，只是一隻瓦茶杯中放了小半杯清油，浸著一根棉芯作燈心，茶杯旁豎著一根削尖的竹籤，約有一尺來長，一端揷在土中，另一端向上挺立，甚是鋒銳。黃蓉足不停步，不住點去，片刻之間，地下宛似滿天繁星，布滿了燈火與竹籤，每隻茶杯之旁，必有一根尖棒。

待得黃蓉點完，瑛姑早已數得明白，共是一百一十三隻茶杯、一百一十三根竹籤，不禁大為狐疑：「若說這是梅花樁功夫，不是七十二根，就該是一百零八根，一百一十三根卻是甚麼道理？排列得又零零落落，既非九宮八卦，又不是梅花五出。而且這竹籤如此鋒利，上面那裏站得人？是了，她必是穿了鐵底的鞋子。」心想：「小丫頭有備而作，在這上面我必鬥她不過，且假作不知，過去便是。」當下大踏步走去，竹籤布得密密麻麻，難以通行，她橫腳踢去，登時踢倒了五六根，口中說道：「搗甚麼鬼？老娘沒空陪小娃娃玩。」

黃蓉急叫：「咦，咦，使不得，使不得！」瑛姑毫不理會，繼續踢去。黃蓉叫道：「好啊，你蠻不講理，我可要熄燈啦。快用心瞧一遍，把竹籤方位記住了。」瑛姑心中一驚：「若是數人合力在此處攻我，他們早記熟了方位，黑暗裏我可要喪生在竹籤之上。快快離此險地！」一提氣，加快腳步，踢得更加急了。黃蓉叫道：「也不怕醜，胡賴！」竹棒起處，擋在瑛姑面前。

油燈映照下一條綠幽幽的棒影從面前橫掠而過，瑛姑那把這個十幾歲的少女放在心上，左掌直劈，就想一掌震斷竹棒。那知黃蓉這一棒使的是「打狗棒法」中的「封」字訣，棒法全是橫使，並不攻擊敵身，一條竹棒化成一片碧牆，擋在面門，只要敵人不踏上一步，那就無礙，若施攻擊，立受反打。瑛姑這掌劈去，嗒的聲響，手背反給棒端戳中，急忙縮手，已感又疼又麻。

這一下雖非打中要害穴道，痛得卻也甚為厲害，瑛姑本不把黃蓉的武功放在眼裏，斗然間受了這一下，不禁又驚又怒。她吃了這小虧，毫不急躁，反而沉住了氣，先守門戶，要瞧明白對方武功的路子再說，暗道：「當年曾聽人說過黑風雙煞的武功，十分了得，但他們先已在桃花島學了不少厲害功夫，怎麼這小小丫頭也有如此造詣？必是黃藥師已把生平絕藝授了他這獨生愛女。」她當年在桃花島上吃過大虧，沒見到黃藥師一面，便已險些命喪島上，對這位桃花島主心中向來著實忌憚。

她卻不知這「打狗棒法」是丐幫幫主的絕技，即令是黃藥師親至，一時之間也未必破解得了。就在她這只守不攻、暗自沉吟之際，黃蓉竹棒仍使開那「封」字訣，擋住她進路，足下卻不住移動走位，在竹籤之間如穿花蝴蝶般飛舞來去，片刻之間，已用足尖把一百一十三盞油燈踢滅了大半。妙的是只踢熄火頭，不但作燈的茶杯並未踏翻踢碎，連清油也濺出不多，燈旁插著的尖利竹籤自沒碰動。

她足上使的是桃花島的「旋風掃葉腿法」，移步迅捷，落點奇準，但瑛姑已瞧出她功夫未臻上乘，遠不如竹棒的變化莫測，何況她傷勢初愈，元氣未復，若攻她下盤，數十招即可取勝，心中計算方定，油燈已給踢得賸下七八盞，這幾盞油燈盡數留在東北角，在夜風中微微顫動，其餘三隅已漆黑一片，突然間黃蓉竹棒搶攻兩招，瑛姑一怔，借著昏黃的燈光看準竹籤空隙，退後一步。黃蓉竹棒在地下一撐，身子平掠而起，長袖拂去，袖拂中含了劈空掌功夫，七八盞油燈應手而滅。

瑛姑暗暗叫苦：「我雖已有取勝之法，可是在這竹籤叢中，每踏一步都能給籤子刺穿足掌，那又如何動手？」黑暗中只聽得黃蓉叫道：「你記住竹籤方位了罷？咱們在這裏折三十招，只要你傷得了我，就讓你入內見段皇爺如何？」瑛姑道：「竹籤是你所布，又不知在這裏已練了多少時候，別人一瞬之間，怎能記得這許多油燈的方位。」黃蓉年幼好勝，又自恃記心過人，笑道：「這有何難？你點著油燈，將竹籤拔出來重行插過，你愛插在那裏就插那兒，然後熄了燈再動手過招如何？」

瑛姑心想：「這不是考較武功，卻考較記心來了。這機伶小鬼聰明無比，我大仇未報，豈能拿性命來跟她賭賽記心？」靈機一動，已有計較，說道：「好，那倒也公平，老娘就陪你玩玩。」取出火摺晃亮，點燃油燈。

黃蓉笑道：「你何必自稱老娘？我瞧你花容月貌，還勝過二八佳人，難怪段皇爺當年對你如此顛倒，而且數十年來顛倒之心絲毫不變。」瑛姑正在拔著一根根竹籤挪移地位，聽了此言，呆了一呆，冷笑道：「他對我顛倒？我入宮兩年，他幾時理睬過人家？」黃蓉奇道：「咦，他不是教你武功了嗎？」瑛姑道：「教武功就算理睬人家了？」黃蓉道：「啊，我知道啦。段皇爺要練先天功，可不能跟你太要好啊。」瑛姑哼了一聲，道：「你懂甚麼？怎麼他又生皇太子？」黃蓉側過了頭，想了片刻，道：「皇太子是從前生的，那時他還沒練先天功呢。」

瑛姑又哼了一聲，不再言語，只拔著竹籤移動方位。黃蓉見她揷一根，心中便記一根，不敢有絲毫怠忽，此事性命攸關，只要記錯了數寸地位，待會動起手來，立時有竹籤穿腳之禍。瑛姑心中，一直在琢磨黃蓉的言語。

過了一會，黃蓉又道：「段皇爺不肯救你兒子，也是爲了愛你啊。」瑛姑道：「你都知道了？哼，爲了愛我？」語意中充滿怨毒。黃蓉道：「他是喝老頑童的醋。倘若不愛你，爲甚麼要喝醋？他本已決定出手救你兒子，見到他肚兜上那塊『四張機』的鴛鴦錦帕，『可憐未老頭先白』，你要跟老頑童白頭偕老，段皇爺當眞傷心之極，當時只想死了！」瑛姑從沒想到段皇爺對己居然有這番情意，不禁呆呆出神。

黃蓉道：「我瞧你還是好好回去罷。」瑛姑冷冷的道：「除非你擋得住我。」黃蓉道：「好，旣是定要比劃，我只得捨命陪君子。你闖得過去，我決不再擋。倘若闖不過呢？」瑛姑道：「以後我永不再上此山。要你陪我一年之約，也作罷論。」黃蓉拍手道：「妙極，跟你在一起雖然挺有趣，但在爛泥塘裏住上一年，也眞難熬。」

說話之間，瑛姑已將竹籤換揷了五六十根，隨即逐一踢滅油燈，說道：「其餘的不用換了。」黑暗中五指成抓，猛向黃蓉戳來。黃蓉記住方位，斜身竄出，左足不偏不倚，剛好落在兩根竹籤之間，竹棒抖出，點她左肩。那知瑛姑竟不回手，大踏步向前，只聽格格格一連串響聲過去，數十根竹籤全給她踏斷，逕入後院去了。

黃蓉一怔，立時醒悟：「上了她當！她換竹籤時手上使勁，暗中將籤條都揑斷了。」只因好勝心盛，於這一著竟沒料到，不由得大是懊惱。

瑛姑闖進後院，伸手推門，只見房內蒲團上居中坐著一個老僧，銀鬚垂胸，厚厚的僧衣直裹到面頰，正自低眉入定。漁樵耕讀四大弟子和幾名老和尙、小沙彌侍立兩旁。那樵子見瑛姑進來，走到老僧面前，合什說道：「師父，劉娘娘上山來訪。」那老僧微微點了點頭，卻不說話。

禪房中只點著一盞油燈，各人面目都看不清楚。瑛姑早知段皇爺已經出家，卻想不到十多年不見，一位英武豪邁的皇爺竟已成爲如此衰頹的老僧，想起黃蓉適才的話，似乎皇爺當年對自己確也不是少了情意，不禁心中一軟，握著刀柄的手慢慢鬆開。

一低頭，只見那錦帕所製的嬰兒肚兜正放在段皇爺蒲團之前，肚兜上放著一枚玉環，正是當年皇爺賜給她的。瞬時之間，入宮、學武、遇周、絕情、生子、喪兒的一幕幕往事都在眼前現了出來，到後來只見到愛兒一臉疼痛求助的神色，雖是小小孩兒，眼光中竟也似有千言萬語，似在埋怨母親不爲他減卻些微苦楚。

她心中斗然剛硬，提起匕首，勁鼓腕際，對準段皇爺胸口一刀刺了進去，直沒至柄。她知段皇爺武功了得，這一刀未必刺得他死，而且匕尖著肉之際，似乎略有異樣，當下向裏回奪，要拔出來再刺第二刀，那知匕首牢牢嵌在他肋骨之中，一時竟沒能拔動。只聽得四大弟子齊聲驚呼，同時搶上。

瑛姑十餘年來潛心苦修，這當胸一刺不知已練了幾千幾萬遍。她明知段皇爺必定衛護周密，右手白刃刺出，左手早已掌招連發，守住左右與後心三面，這一奪沒將匕首拔出，眼見情勢危急，忙躍向門口，回頭一瞥，只見段皇爺左手撫胸，顯得十分痛楚。

她此刻大仇已報，心中卻殊無快慰之意，忽然想起：「我與人私通生子，他沒一言半語相責，放我隨周伯通而去，正式結爲夫婦，是老頑童那廝不要我，可不是他不放我。他仍任由我在宮中居住，不但沒將我處死，一切供養只有比前更加豐厚。我隱居黑沼，他派人爲我種樹植林，送我食糧物品，這些年來照應無缺。他實在一直待我好得很啊。」她向來只記著段皇爺不救自己兒子性命，心中全是怨毒，此刻當胸一刃，才想到他的諸般好處，長嘆一聲，轉身出門。

這一轉過身來，不禁尖聲驚呼，全身汗毛直豎，但見一個老僧合什當胸，站在門口。燈光正映在他的臉上，隆準方口，眼露慈光，雖作僧人裝束，卻明明白白是當年君臨大理的段皇爺。瑛姑如見鬼魅，一個念頭如電光般在心中閃過：「適才定是殺錯了人。」一眼光橫掃，但見讓自己刺了一刀的僧人慢慢站起，解去僧袍，左手在頦下一扯，將一把白鬍子盡數拉了下來。瑛姑又尖聲驚呼，這老僧竟是郭靖假裝的。

這正是黃蓉安排下的計謀。郭靖點了一燈大師的穴道，就是存心要代他受這一刀。他只怕那天竺僧人武功厲害，是以先出手相攻，豈知此人竟絲毫不會武藝。當黃蓉在院子中向瑛姑詳細解明三道算題、以「打狗棒法」阻路、再布油燈竹籤之時，四弟子趕速給郭靖洗去身上泥污，剃光頭髮。他頦下白鬚，也是剃了一燈的鬍子黏上去的。四大弟子本覺這事戲弄師父，大大不敬，而且郭靖須得干冒大險，各人也感不安，可是爲了救師父之命，實無別法，若由四弟子中一人假扮，他們武功不及，勢必給瑛姑刺死。

瑛姑挺刀刺來之時，郭靖眼明手快，在僧袍中伸出兩指，揑住了刃鋒扁平的兩側。那知瑛姑這一刺狠辣異常，饒是郭靖指力強勁，終於刃尖還是入肉半寸，好在未傷肋骨，終無大礙。他若將軟蝟甲披在身上，原可擋得這一刀，但瑛姑機伶過人，匕首中甲，定然知覺，那麼禍胎終是不去，此次一擊不中，日後又會再來尋仇。

這「金蟬脫殼之計」眼見大功告成，那知一燈突然在此時出現，不但瑛姑吃驚，餘人也都大出意料之外。原來一燈雖穴道中指遭點，內功未失，郭靖又怕傷他身子，只點了他最不關緊要的穴道。一燈在隔房潛運內功，緩緩解開了自身穴道，恰好在這當口到了禪房門口。瑛姑臉如死灰，自忖這番身陷重圍，定然無倖。

一燈向郭靖道：「把匕首還她。」郭靖不敢違拗，將匕首遞了過去。瑛姑茫然接過，眼望一燈，心想他不知要用甚麼法子來折磨我，只見他緩緩解開僧袍，又揭開內衣，說道：「大家不許難爲她，要好好讓她下山。好啦，你來刺罷，我等了你很久很久了。」眼瞧瑛姑，神色慈和。

這幾句話說得十分柔和，瑛姑聽來卻如雷轟電掣一般，見他眼光之中，甚至有幾分柔情，昔日恩情，湧向心頭，仇怨霎時盡泯，說道：「是我對你不起！」手一鬆，噹的一聲，匕首落地，雙手掩面疾奔而出。只聽她腳步逐漸遠去，終於杳無聲息。

衆人相互怔怔的對望，都默不作聲。突然間咕咚、咕咚兩聲，那書生和農夫一俯一仰的跌倒在地。原來兩人手指中毒，強自撐住，這時見師父無恙，心中一喜，再也支持不住。那樵子叫道：「快請師叔！」話猶未了，黃蓉已陪同那天竺僧人走了進來。他是療毒聖手，取出藥來給二人服了，又將二人手指頭割開，放出黑血，臉上神色嚴重，口中嘰哩咕嚕的說道：「阿馬里，哈失吐，斯骨爾……」

一燈懂得梵語，知道二人性命不妨，但中毒甚深，須得醫治兩月，方能痊愈。

此時郭靖已換下僧服，裹好胸前傷口，向一燈磕頭謝罪。一燈忙伸手扶起，嘆道：「你捨命救我，眞是罪過，罪過。」他轉頭向師弟說了幾句梵語，簡述郭靖的作爲。那天竺僧人道：「斯里星，昂依納得。」

郭靖一怔，這兩句話他是會背的，當下依次背了下去，說道：「斯熱確虛，哈虎文缽英……」當日周伯通教他背誦九陰眞經，最後一篇全是這些古怪說話，郭靖不明其意，可是心中囫圇吞棗的記得滾瓜爛熟，這時便順口接了下去。

一燈與那天竺僧人聽他居然會說梵語，都是一驚，又聽他所說的卻是一篇習練上乘內功的秘訣，更是詫異。一燈問起原委，郭靖照實說了。

一燈驚嘆無已，說道：「此中原委，我曾聽重陽眞人說過。撰述九陰眞經的那位高人黃裳不但讀遍道藏，更精通內典，識得梵文。他撰完眞經，下卷的最後一章是眞經的總旨，眞經最高祕奧，全在總旨之中，前面所有難以明解的關鎖，總旨乃是鑰匙。他忽然想起，此經倘若落入心術不正之人手中，持之以橫行天下，無人制他得住。但若將這章闡明最高武學的總旨毀去，總是捨不得，於是改寫為梵文，卻以中文音譯，心想此經是否能傳之後世，已然難言，中土人氏能通梵文者極少，兼修上乘武學者更屬稀有。得經者如為天竺人，雖能精通梵文，卻不識中文。中華人士如能通識梵文，武學又高，此人就不至為奸惡小人。他如此安排，差不多等於不欲後人明他經義。因此這篇梵文總旨，連重陽眞人也不解其義。豈知天意巧妙，你不懂梵文，卻記熟了這些咒語一般的長篇大論，當眞是難得之極的因緣。」當下要郭靖將經文梵語一句句的緩緩背誦，他將之譯成漢語，寫在紙上，授了郭靖、黃蓉二人。

道家武功本來以陰柔爲主，九陰極盛，乃成爲災，黃裳所以名之爲「九陰眞經」，原有陰陽不調，即成爲災之意。這九陰眞經的總旨闡述陰陽互濟、陰陽調和的至理，糾正道家但重陰柔的缺失，比之眞經中所載的功夫更深了一層。

這九陰眞經的總旨精微奧妙，一燈大師雖學識淵博，內功深邃，卻也不能一時盡解，說道：「你們在山上多住些日子，待我詳加鑽研，轉授你二人。」又道：「我玄功有損，原須修習五年，方得復元，但依這眞經練去，看來不用三月，便能有五年之功。雖我所習是佛門功夫，與眞經中所述的道家內功路子頗不相同，但看這總旨，武學到得最高處，殊途同歸，與佛門所傳亦無大別。」

黃蓉說起洪七公爲歐陽鋒擊傷之事，一燈大師甚是關心，說道：「你二人將這九陰神功告知你們師父，他必可由此自復功力，倒不必由老友動手了。」郭蓉二人聽了更是歡喜。

二人在山上一連住了十餘日，一燈大師每日裏講解九陰神功的要旨，黃蓉更藉此養傷。這一日兩人正在禪寺外閒步，忽聽空中鵰鳴啾急，那對白鵰遠遠從東而至。黃蓉拍手叫道：「金娃娃來啦。」只見雙鵰斂翼落下，神態甚是委頓。兩人不由得一驚，但見雌鵰左胸血肉模糊，受了箭傷，箭枝已然不在，想是鵰兒自行拔去了，雄鵰腳上縛了一塊青布，卻無金娃娃的蹤跡。

黃蓉認得這青布是從父親衫上撕下，那麼雙鵰確是已去過桃花島了。瞧這情形，莫非桃花島來了強敵，黃藥師忙於迎敵，無暇爲女兒做那不急之務？雙鵰神駿異常，雌鵰卻給射中一箭，發箭之人武功自必甚是高強。郭靖忙爲雌鵰裹創敷藥。

黃蓉推詳半天，不得端倪。雙鵰不會言語，雖目睹桃花島上情景，也不能透露半點消息。兩人掛念黃藥師安危，當即向一燈大師告別。

一燈道：「本期尚有多日相聚，桃花島既然有事，我也不能再留你們了。但藥兄神通廣大，足智多謀，料來當世也沒人能加害於他，你們不必多慮。」當下將漁樵耕讀四人都傳來，命靖蓉二人坐在面前蒲團之上，講述武學中的精義，直說了一個多時辰，這才講畢。靖蓉二人依依不捨的告別下山。書生與農夫未曾痊愈，送到山門。那漁人與樵子直送到山腳，待二人找到小紅馬，這才執手互道珍重而別。

回程熟路，景物依然，心境卻已與入山時大不相同。想起一燈大師的深恩厚意，黃蓉情不自禁的向著山峯盈盈下拜，郭靖跟著跪倒磕頭。

一路上黃蓉雖然掛念父親，但想他一生縱橫天下，罕有受挫，縱遇強敵，即或不勝，也必足以自保，正如一燈大師所云：「料來當世也沒人能加害於他」，是以也不怎麼擔心。兩人坐在小紅馬背上，談談說說，甚是暢快。雙鵰在空中緩緩相隨。

黃蓉笑道：「咱倆相識以來，不知遇了多少危難，但每吃一次虧，多少總有點好處，像這次我挨了裘千仞那老傢伙兩掌，卻換得了九陰神功的秘奧，就算當年王重陽，卻也不知。」郭靖道：「我寧可一點兒武功也沒有，只要你平平安安。」黃蓉心中甚是歡喜，笑道：「啊喲，要討好人家，也不用吹這麼大的氣！你如不會武功，早就給打死啦，別說歐陽鋒、沙通天他們，就鐵掌幫的一名黑衣漢子，也一刀削了你的腦袋。」郭靖道：「不管怎樣，我可不能再讓你受傷啦。上次在臨安府自己受傷倒不怎樣，這幾天瞧著你挨痛受苦，唉，當眞心裏難受。」黃蓉笑道：「哼，你這人沒良心。」郭靖奇道：「怎麼？」黃蓉道：「你寧可自己受傷，讓我來心裏不好過。」

郭靖無言可答，縱聲長笑，足尖在小紅馬肋上輕輕一碰，小紅馬昂首輕嘶，電馳而出，四足猶似凌空一般。

中午時分，已到桃源縣治。黃蓉元氣究未恢復，騎了半天馬，累得雙頰潮紅，呼吸頓促。桃源城中只一家像樣的酒家，叫作「避秦酒樓」。兩人入座叫了酒菜。

郭靖向酒保道：「小二哥，我們要往漢口，相煩去河下叫一艘船，邀梢公來此處說話。」酒保道：「客官如搭人同走，省錢得多，兩人包一艘船花銀子可不少。」黃蓉白了他一眼，拿出一錠五兩的銀子往桌上一拋，道：「夠了麼？」酒保忙陪笑道：「夠了，夠了。」轉身下樓。

郭靖怕黃蓉傷勢有變，不讓她喝酒，自己也陪她不飲，只吃飯菜。剛吃得半碗飯，那酒保陪了一個梢公上來，言明直放漢口，管飯不管菜，共三兩六錢銀子。黃蓉也不講價，把那錠銀子遞給梢公。那梢公接了，行個禮道謝，指了指自己的口，嘶啞著嗓子「啊」了幾聲，原來是個啞巴。他東比西指的做了一陣手勢，黃蓉點點頭，也做了一陣手勢，姿式繁複，竟長篇大論，滔滔不絕。啞巴喜容滿臉，連連點頭而去。

郭靖問道：「你們兩個說些甚麼？」黃蓉說道：「他說等我們吃了飯馬上開船。我叫他多買幾隻鷄、幾斤肉，好酒好菜，儘管買便是，回頭補錢給他。」郭靖嘆道：「這啞梢公要是遇上我，可不知怎生處了。」要知桃花島上侍僕均是啞巴，跟啞巴打手勢說話，黃蓉三歲上便已會了。

那酒樓的一味蜜蒸臘魚做得甚是鮮美，郭靖吃了幾塊，想起了洪七公，道：「不知恩師現在何處，傷勢如何，教人好生掛懷。」恨不得將臘魚包起來，拿去給洪七公吃。

黃蓉正待回答，只聽樓梯腳步聲響，上來一個道姑，身穿灰布道袍，用遮塵布帕蒙著口鼻，只露出了眼珠。

那道姑走到酒樓靠角裏的一張桌邊坐下，酒保過去招呼，那道姑低低說了幾句話，酒保吩咐下去，不久端將上來，是一份素麵。黃蓉見這道姑身形好熟，卻想不出曾在那裏見過。郭靖見她留上了神，也向那道姑望了一眼，見她忙轉過頭去，似乎也正打量著他。黃蓉低聲笑道：「靖哥哥，那道姑動了凡心，說你英俊瀟洒呢。」郭靖道：「呸，別瞎說，出家人的玩笑也開得的？」黃蓉笑道：「你不信就算啦。」

兩人吃完了飯，走向梯口。黃蓉心中狐疑，又向那道姑一望，只見她將遮在臉上的布帕揭開一角，露出臉來。黃蓉一看之下，險些失聲驚呼。那道姑一搖手，隨即將帕子遮回臉上，低頭吃麵。郭靖走在前頭，並未知覺。

下樓後會了飯帳，那啞梢公已等在酒樓門口。黃蓉做了幾下手勢，意思說要去買些物事，稍待再行上船。那啞梢公點點頭，向河下一艘篾篷大船指了一指。黃蓉會意，見那梢公並不走開，與郭靖向東首走去。在街角邊牆後一縮，不再前行，注視著酒樓門口。

過不多時，那道姑出了酒樓，向門口的紅馬雙鵰望了一眼，似在找尋靖蓉二人，四下一瞥未見人影，逕向西行。黃蓉低聲道：「對，正該如此。」一扯郭靖衣角，快步向東。郭靖莫名其妙，卻不詢問，只跟著她一股勁兒的走著。

桃源縣城不大，片刻間出了東門，黃蓉折而南行，繞過南門後，又轉向西。郭靖道：「咱們去跟蹤那道姑嗎？你可別跟我鬧著玩。」黃蓉笑道：「甚麼鬧著玩？這天仙般的道姑，你不追可悔之晚矣。」郭靖急了，停步不走，道：「蓉兒，你再說這些話我要生氣啦。」黃蓉道：「我才不怕呢，你倒生點兒氣來瞧瞧。」

郭靖無奈，只得跟著又走，約莫走出五六里路，遠遠見那道姑坐在一株槐樹底下，她見靖蓉來到，便即站起，循著小路走向山坳。

黃蓉拉著郭靖的手跟著走向小路。郭靖急道：「蓉兒，你再胡鬧，我要抱你回去啦。」黃蓉道：「我當眞走得累了，你一個人跟罷。」郭靖蹲低身子，說道：「可莫累壞了，我揹你回去。」

黃蓉格格一笑，道：「我去揭開她臉上手帕，給你瞧瞧。」加快腳步，向那道姑奔去。那道姑回轉身子等她。黃蓉撲過去一把抱住了，伸手去揭她臉上布帕。

郭靖隨後跟來，只叫：「蓉兒，莫胡鬧！」突然見到道姑的臉，一驚停步，只見她蛾眉深蹙，雙目含淚，一副楚楚可憐的神色，卻是穆念慈。

黃蓉抱著她的腰道：「穆姊姊，你怎麼啦？楊康那小子又欺侮了你嗎？」穆念慈垂首不語。郭靖走近來叫了聲：「世妹。」穆念慈輕輕嗯了一聲。

黃蓉拉著穆念慈的手，走到小溪旁的一株垂柳下坐了，道：「姊姊，他怎樣欺侮你？咱們找他算帳去。我和靖哥哥也給他作弄得苦，險些兒兩條命都送在他手裏。」

穆念慈低頭不語，她和黃蓉二人的倒影映在清可見底的溪水之中，水面一瓣瓣的落花從倒影上緩緩流過。郭靖坐在離二人數尺外的一塊石上，滿腹狐疑：穆家世妹怎地作了道姑打扮？在酒樓中怎麼又不招呼？楊康卻不知到那裏去了？

黃蓉見了穆念慈傷心的神色，也不再問，默默的握著她手。過了好一陣，穆念慈才道：「妹子，郭世哥，你們僱的船是鐵掌幫的。他們安排了鬼計，要加害你們。」靖蓉二人吃了一驚，齊聲道：「那啞巴梢公的船？」穆念慈道：「正是。不過他不是啞巴。他是鐵掌幫裏的好手，說話聲音響得很，生怕一開口引起你們的疑心，因此假裝啞巴。」黃蓉暗暗心驚，說道：「不是你說，我還眞瞧不出來。這傢伙手勢倒打得好，想來他時時裝啞巴。」

郭靖飛身躍上柳樹，四下張望，除了田中二三農人之外，再無旁人，心想：「若非她二人大兜圈子，鐵掌幫定然有人跟來。」

穆念慈嘆了一口長氣，緩緩的道：「我跟楊康的事，以前的你們都知道了。後來我運義父義母的靈柩南下，在臨安牛家村冤家路狹，又遇上了他。」黃蓉接口道：「那回事我們也知道，還親眼見他殺了歐陽克。」穆念慈睜大了眼睛，難以相信。

黃蓉將她與郭靖在密室養傷之事簡略說了，又說到楊康如何冒認丐幫幫主、兩人如何脫險等事。這些事經過曲折，說來話長，黃蓉急於要知道穆念慈的經歷，只扼要一提。

穆念慈切齒道：「這人作惡多端，日後總沒好下場，只恨我有眼無珠，命中有此劫難，竟會遇上了他。」黃蓉摸出手帕，輕輕替她拭去頰上淚水。

穆念慈心中煩亂，過去種種紛至沓來，一時不知從何說起，又過半晌，待心中漸漸寧定，才說出一番話來。

那啞巴梢公突然取出一柄斧頭，兩下猛砍便斬斷了纜索，跟著伸手提起鐵錨。那船給湍急的江水一沖，驀地裏側身橫斜，轉個圈子，飛也似的往下游衝去。

# 第三十二回　湍江險灘

穆念慈右手讓黃蓉握著，望著水面的落花，說道：「我見他殺了歐陽克，只道他從此改邪歸正，又見丐幫兩位高手恭恭敬敬的接他西去，那兩位丐幫大叔我本來相識，知道是七公他老人家的親信下屬，他們對他既如此相待，我心中歡喜，就和他同行。

「到了岳州後，丐幫大會君山。他事先悄悄對我說道：洪恩師曾有遺命，著他接任丐幫幫主。我又驚又喜，實在難以相信，但見丐幫中連輩份最高的衆長老對他也十分敬重，卻又不由得我不信。我不是丐幫中人，不能去參預大會，便在岳州城裏等他，心裏想著，他一旦領袖丐幫羣雄，必能爲國爲民，做一番轟轟烈烈的大事，將來也必能手刃大仇，爲義父義母報仇。這一晚我東想西想，竟沒能安枕，只覺事事美滿之極，一生中極少這樣開心過，直到黎明時分，正要矇矓睡去，他忽然從窗中跳了進來。

「我嚇了一跳，還道他忽又起了胡鬧的念頭。他卻低聲道：『妹子，大事不好啦，咱們快走。』我驚問原委，他道：『丐幫中起了內叛，污衣派不服洪幫主的遺命。淨衣派與污衣派為了立新幫主的事，大起爭鬥，已打死了好多人。』我大吃一驚，問道：『那怎麼辦？』他道：『我見傷人太多，甘願退讓，不做幫主了。』我想顧全大局，也只有如此。他又道：『可是淨衣派的長老們卻又不放我走，幸得鐵掌幫裘幫主相助，才得離開君山。眼下咱們且上鐵掌山去避一避再說。』我也不知鐵掌幫是好是歹，他既這麼說，便跟了他同去。

「到了鐵掌山上，那鐵掌幫的裘幫主也沒見著，說是出門去了。我冷眼旁觀，見鐵掌幫行事鬼鬼祟祟，到處透著邪門，就對他說：『你雖退讓，不做丐幫幫主，可也不能就此一走了之。我瞧還是去找你師父長春子丘道長，請他約齊江湖好漢，主持公道，由丐幫眾英雄在幫中推舉一位德高望重之人出任幫主，免得幫中自相殘殺，負了洪恩師對你的重託。』他支支吾吾的，既不說是，也不說不是，卻只提跟我成親的事。我疾言厲色的數說了他幾句，他也生氣了，兩人吵了一場。

「過了一天，我漸漸後悔起來，心想他雖輕重不分，不顧親仇，就只念著兒女之情，但總是對我好，而且我責備他的話確是重了些，也難怪他著惱。這天晚上我愈想愈不安，點燈寫了個字條，向他賠個不是。我悄悄走到他窗下，正想把字條從窗縫中塞進去，忽然聽得他正在跟人說話。我從窗縫中張望，見另一人是個身材矮小的花白鬍子老頭，身穿黃葛短衫，手裏拿著一柄大葵扇。」

郭靖與黃蓉對視一眼，均想：「不知是裘千仞還是裘千丈？」

穆念慈續道：「那老頭兒從懷裏摸了一個小瓷瓶出來，放在桌上，低聲道：『楊兄弟，你那位沒過門的夫人不肯就範，這事容易得緊，你將瓶裏的藥粉在清茶裏放下一些，給她喝了，我包你今晚就洞房花燭。』」

靖蓉兩人聽到這裏，心中都道：「是裘千丈。」

穆念慈續道：「楊康他居然眉花眼笑，連聲道謝。我氣得幾乎要暈了過去。不多時那老頭兒告辭出來。我悄悄跟在後面，走遠之後，撲上去在他背心上一拳，打倒在地。若不是身在險地，眞便要一刀結果了他。我接連幾拳將他打暈了，在他身上一搜，這傢伙懷裏的東西也眞多，甚麼戒指、斷劍、磚塊，古裏古怪一大套，想來都是害人的物事，另外有一本册子，我想其中或許有甚麼名堂，便取了揣在懷裏，越想越惱，決意去跟楊康理論。

「我重到楊康房外，不料他已站在門口，笑吟吟的道：『妹子，請進來罷。』我打定了主意，這晚非一切說個清楚不可，到了他房裏，他便指著桌上的瓷瓶，笑道：『妹子，你猜，瓶子裏裝的是甚麼？』我怒道：『誰知道是甚麼髒東西了。』他笑道：『一個朋友剛才送給我的，說道這藥粉只要在清茶裏放上一些，騙你喝了，一切便能如我所願。』這句話倒大出我意料之外，我登時消了氣，拿起瓷瓶，推開窗子丟了出去，說道：『你留著幹麼？』他說：『我敬重妹子猶如天人一般，怎會幹這等卑鄙齷齪的勾當？』」

郭靖點頭道：「楊兄弟這件事可做對了。」穆念慈哼了一聲，並不答話。黃蓉回想那日在鐵掌山上隔窗窺探，見到楊康坐在床沿，摟著穆念慈喁喁細語，當時穆念慈臉含微笑，神色溫柔，想來便是擲去瓷瓶之後的事，又想：「那多半是你打倒裘千丈，他在後面瞧見了，就故意向你賣好。」

郭靖問道：「後來怎樣？」他得周伯通教誨，凡是別人述說故事，中途停頓，便須追問「後來怎樣？」以助人談興，不料穆念慈突然滿臉通紅，轉過了頭去，垂頭不答。黃蓉叫了出來：「啊，姊姊，我知道啦，後來你就跟他拜天地，做了夫妻。」

穆念慈回過頭來，臉色卻已變得蒼白，緊緊咬住了下唇，眼中發出奇異的光芒。黃蓉嚇了一跳，知道自己說錯了話，忙道：「對不起，我胡說八道，好姊姊，你別見怪。」穆念慈低聲道：「你沒胡說八道，是我自己胡塗。我……我跟他做了夫妻，可是沒……沒拜天地。只恨我自己把持不定……」說到這裏，淚水簌簌而下。

黃蓉見她神情淒苦，伸左臂摟住她肩頭，想說些話來安慰，過了好一會，指著郭靖道：「姊姊，你不用難過，那也沒甚麼。那天在牛家村，靖哥哥也想跟我做夫妻。」此言一出，郭靖登時張口結舌，忸怩不堪，說道：「我們……沒有……沒有做……」黃蓉笑道：「那你想過沒有呢？」郭靖連耳根子也都羞得通紅，低頭道：「是我不好。」黃蓉右手伸過去拍拍他肩頭，柔聲道：「你想跟我做夫妻，我歡喜得很呢，你沒有甚麼不好。」

穆念慈嘆了口氣，心想：「黃家妹子雖聰明伶俐，畢竟年紀小，於男女之事還不大懂。她遇上了這個忠厚老實的郭大哥，眞是福氣。」黃蓉問道：「姊姊，後來怎樣？」

穆念慈望著溪水，低聲道：「後來……後來……我聽得窗外有人大聲喝叱與傳呼號令之聲，很是混亂，他叫我別作聲，說是鐵掌幫他們幫裏自己的事，跟我們不相干。後來有人來到房外的庭中，號令幫衆，說來了敵人，吩咐各人取了兵刃火把，隨他去追趕敵人，我從窗中望出去，指揮幫衆的竟然便是剛才那糟老頭兒。我想原來他是鐵掌幫的幫主，心裏很是不安，怕他來責問我爲甚麼暗算他。我那時候怎……怎見得人？幸好他匆匆忙忙的號令幫衆，趕了出去，神氣倒挺威風的。」

黃蓉笑道：「姊姊，這兩個老頭兒不是一個人。」穆念慈奇道：「不是一個人？」黃蓉笑道：「他兩個是雙生兄弟，相貌一模一樣。你打倒的那個叫裘千丈，武功稀鬆平常，淨會吹牛騙人。這個裘幫主裘千仞可了不起啦。幸好你打的是假幫主，倘若遇到的是眞幫主，他鐵掌一揮，你的小命兒可難保得住了。」穆念慈黯然道：「原來如此。那日我遇上的若是那裘幫主，給他一掌打死了，倒也乾淨。」黃蓉笑道：「咱們的楊大哥可捨不得。」穆念慈一扭身，將她手臂從自己肩頭摔了下來，怫然道：「你別再跟我說這些話。」黃蓉伸了伸舌頭，笑道：「好罷，是我捨不得。」

穆念慈站起身來，道：「郭大哥，黃家妹子，我走了。兩位保重，留神鐵掌幫船上的詭計。」黃蓉忙站起來拉住她手，央求道：「好姊姊，你別生氣，以後我不敢跟你胡說了。」穆念慈嘆道：「我不是生你的氣，是……是我自己傷心。」

黃蓉道：「怎麼？楊康這小子惹惱你了？」拉她又坐了下來。

穆念慈道：「那老兒走後，楊康又來跟我囉唆。我問他，以後我們兩個到底怎麼打算。他說：『我跟你已做了夫妻，一切都不用瞞你啦。大金國大軍不日南下，咱們得了鐵掌幫這樣的大援，裏應外合，兩湖唾手可得。』他說得興高采烈，說大金滅了宋朝後，他父王趙王爺將來必登大寶，做大金國皇帝，他便是皇太子，那時候富貴榮華，不可限量。

「我一言不發的聽著。他忽然說：『妹子，那時候你就是皇后娘娘了。』我……我再也忍耐不住，重重打了他一個耳光，奪門而出，直向山下急奔。這時鐵掌峯上已鬧得天翻地覆，無數幫眾嘍囉拿了燈籠火把，齊向那座最高的山峯上奔去。我獨自下山，倒也沒人攔阻。經了這番變故，我心如死灰，只想一死了之。那時候也不知東西南北，只是亂走。後來見到一所道院，就闖了進去，剛踏進門，便暈倒了。幸好那裏的老道姑收留了我，我一場大病，病了十多天，這幾天才好了些。我換上了這身道裝，啓程回臨安牛家村去，不想在這裏遇上了你們。」

黃蓉喜道：「姊姊，我們要回桃花島，正好同路。咱三個兒一塊走罷，道上也熱鬧些。你若不嫌棄，一路上我跟你說幾套武功。」穆念慈搖了搖頭，道：「不，我……我一個人走。妹子的好意可多謝了。」站起身來，從懷中取出一本册子，交給郭靖，說道：「郭大哥，這本册子中所記的事，跟鐵掌幫有關。你們見到七公之時，請交了給他老人家，說不定有些用處。」郭靖道：「是。」伸手接過。

穆念慈快步走遠，頭也不回的去了。

郭靖和黃蓉眼望她的背影在一排大柳樹後消失，兩人默然半晌。郭靖道：「她孤身一人，千里迢迢的回兩浙去，只盼她道上別再受歹人欺侮。好在她武功不弱，尋常壞人，她也不怕。」黃蓉道：「那也難說得很，就是像你我這樣，也免不了受歹人欺侮。」郭靖嘆道：「二師父常說：亂世之際，人不如狗，那也是沒法的事。」

黃蓉道：「好，咱們殺那啞巴狗去。」郭靖道：「甚麼啞巴狗？」黃蓉口中咦咦啊啊，指手劃腳的比了一陣。郭靖笑道：「咱們還坐這假啞巴的船？」黃蓉道：「自然要坐。裘千仞那老賊打得我好痛，怎麼能就此算了？老賊打不過，先去殺他幾個徒子徒孫再說。」

當下兩人又回酒樓來，只見那啞巴梢公正在酒樓前探頭探腦的張望，見到兩人回轉，臉露喜色，忙迎上來。靖蓉二人只作不知，隨他到碼頭落船。那船是一艘不大不小的篾篷船，載得八九十石米。沅江中這般船隻最多，湘西山貨下放，湖濱稻米上運，用的都是這些篾篷木船。只見船上兩名後生赤了膊正在洗刷甲板。

靖蓉二人上了船，那梢公解開船纜，把船撐到江心，張起布帆。這時南風正急，順風順水，那船如箭般向下游駛去。

郭靖想到楊康和穆念慈之事，不勝感歎，心想：「結義兄弟該當有福共享，有難同當。楊康義弟如今誤入歧途，我不能不理，說甚麼也要勸得他改邪歸正才是。」斜倚在艙內船板之上，呆呆的出神。

黃蓉忽道：「穆姊姊給你的那本冊子讓我瞧瞧，不知寫著些甚麼。」郭靖從懷中取出給她。黃蓉一頁頁的翻閱，忽然叫道：「啊，原來如此。你快來瞧。」

郭靖挪動身子，坐到她身旁，從她手裏瞧那冊子。

此時天已向晚，朱紅的晚霞映射江心，水波又將紅霞反射到了黃蓉的臉上、衣上、書上，微微顫動。

原來這冊子是鐵掌幫第十三代幫主上官劍南所書，記著幫中逐年大事。那上官劍南原是韓世忠部下的將領。秦檜當權後岳飛遭害，韓世忠給削除兵權，落職閒住。他部下官兵大半也解甲歸田。上官劍南其時年歲甚輕，憤恨奸臣當道，領著一批兄弟在荊湖一帶落草，有的到襄陽去投軍守城，上官劍南則入了鐵掌幫。不久老幫主去世，他接任幫主之位。這鐵掌幫本來只是個小小幫會，經他力加整頓，多行俠義之事，兩湖之間的英雄好漢、忠義之士聞風來歸，數年間聲勢大振，在江湖上寖尋已可與北方的丐幫分庭抗禮。

上官劍南心存忠義，雖身在草莽，卻念念不忘衛國殺敵、恢復故土，常派遣部屬在臨安、汴梁等地打探消息，以待時機。事隔多年，鐵掌幫中一名兄弟與當年看守岳飛的一名獄卒交好，得悉岳飛死後遺物入棺，其中有一部兵法遺書，輾轉打聽之下，得悉是在皇宮之中。這訊息快馬報到鐵掌峯上，上官劍南即日盡點幫中高手，傾巢東下，夜入深宮，毫不費力的便將遺書《破金要訣》盜了出來，當晚持書去見舊主韓世忠。

此時韓世忠年紀已老，在西湖邊隱居，見到上官劍南送來的岳飛遺書，想起英雄冤死、壯志不售，不由得拔劍斫案、扼腕長嘆。他說自己年紀已老，這部兵法上官劍南或許有用，他為紀念舊友，曾將岳飛生平所作的詩詞、書啓、奏議等等鈔成一卷，於是將這一卷鈔本也贈給了上官劍南，勉他繼承岳武穆遺志，相率中原豪傑，盡驅異族，還我河山。

韓世忠與上官劍南談論之際，忽然想到：岳飛這部兵法中處處勉人忠義報國，以他生平抱負，此書定是有所爲而作，決不是寫了要帶入墳墓的，料想因秦檜防範周密，以致無法傳出。但想岳飛智計非凡，定有對策，卻不知他傳出來的消息輾轉落在何處，若是他所欲傳授之人得訊遲了，再到宮中去取，豈非要撲一個空？兩人商談之後，上官劍南繪了一幅鐵掌山的圖形，夾層中又藏一紙，上書：「武穆遺書，在鐵掌山，中指峯上，第二指節」十六字。韓世忠怕後來之人不解，又在畫上題了一首岳飛的舊詩，心想岳飛心目中的傳人若非岳飛的子弟，亦必是他舊部，自然知道此詩，當會對這畫細細參詳。上官劍南再入皇宮，留下圖畫，以便後來者據此線索而到鐵掌幫取書。

上官劍南研讀武穆遺書，於練兵破敵之道，頗有領會。但此後金兵南侵，鐵掌幫唯能自保，未能聚集義師北上抗金，上官劍南心懷抗金大志，始終不得施展抱負，數十年後鬱鬱而終，將幫主之位傳於裘千仞。上官劍南知裘千仞武功甚強，亦富才略，但生平志在精研武功，於家國興亡大義不甚措心，素來不習兵陣韜略，武穆遺書於他無用，生怕落入不肖者之手，於是依照圖畫中所留線索，臨終時帶入鐵掌山中指峯的洞穴。

郭靖翻完册子，喟然嘆道：「想不到這位上官幫主竟是一位好漢子。他臨死之時還牢牢抱著那部遺書。我只道他也和裘氏兄弟一般，勾結大金，賣國求榮，對他頗爲卑視，早知如此，對他的遺骨倒要恭恭敬敬的拜上幾拜。當年鐵掌幫中大都是忠臣義士，到今卻變成了一夥奸賊。上官幫主地下有靈，不知要怎麼生氣了。」

說話之間，天已向黑，梢公駛船在一個村子旁攏了岸，殺鷄做飯。黃蓉怕他在飯菜中做甚手腳，假意嫌他飯菜骯髒，自行拿了鷄肉蔬菜，與郭靖上岸到村中農家做飯。那梢公吹鬚瞪眼，極是惱怒，苦於自裝啞巴，既沒法出言相勸，又不便譏刺洩憤，又見黃蓉打起手勢來「妙語如珠、伶牙俐齒」，自己無論如何「辯」她不過，只有暗暗咬牙切齒，待靖蓉二人上了岸後，才在船艙中壓低了嗓子大罵。

飯罷，靖蓉二人在農舍前樹蔭下乘涼。郭靖道：「上官幫主這本記事册，不知如何會落入裘千丈手中，他拿來又有甚麼用？」黃蓉道：「老騙子的相貌和他弟弟一模一樣，要偷這本册子並不爲難。他招搖冒充幫主，自須熟知幫中舊事，以免給人拆穿。」過了一會，又道：「想不到曲靈風曲師哥無意中建了大功。」郭靖愕然不解。

黃蓉道：「這武穆遺書本來藏在大內翠寒堂旁的水簾石洞之中，上官劍南既將書盜了來，他畫的那幅畫，自然是放在原來藏書之處，是不是？」郭靖點頭道：「不錯。」黃蓉道：「曲師哥給逐出桃花島後，眷戀師門，知道我爹爹喜愛書畫古玩，又想天下奇珍異寶，自然以皇宮之中最多，於是冒險入宮，盜了不少名畫法帖……」

郭靖接口道：「是啦，是啦。你曲師哥將這幅畫連同別的書畫一起盜了來，藏在牛家村密室之中，要想送給你爹爹，不幸給宮中侍衛打死。待完顏洪烈那奸賊到得皇宮之時，非但武穆遺書不見，連指點線索的這幅圖畫也不在了。唉，早知如此，咱們在水簾洞前大可不必拚命阻攔，我不會給老毒物打傷，你也不用操這七日七夜的心了。」黃蓉道：「那卻不然。你若不在牛家村密室養傷，又怎能見到這幅畫？又怎能……」

她想到也就是在牛家村中與華箏相見，不禁黯然，隔了一陣才道：「不知爹爹現今怎麼啦？」抬頭望著天邊一彎新月，輕輕的道：「八月中秋快到了。嘉興煙雨樓比武之後，你就回蒙古大漠了罷？」

郭靖道：「不，我先得殺了完顏洪烈那奸賊，給我爹爹和楊叔叔報仇。」黃蓉凝望月亮，說道：「殺了他之後呢？」郭靖道：「還有很多事啊，要醫好師父身上的傷，要請周大哥到黑沼去找瑛姑。要到六位師父家裏，一家家的去瞧瞧；再得去找到我爹爹的墳墓。」黃蓉道：「這一切全辦好之後，你總得回蒙古了罷？」

郭靖道：「我不去！」可實在說不出甚麼理由，母親在蒙古，總得接她回江南。黃蓉笑道：「靖哥哥，你很好，你老是在想拖延時日，你不捨得跟我分開。唉，我也不捨得跟你分開。我眞傻，儘想這些幹麼？乘著咱倆在一塊兒，多快活一刻是一刻，這樣的好日子過一天便少一天。咱們回船去，捉弄那假啞巴玩兒。」

兩人回到船中，梢公和兩個後生已在後梢睡了。郭靖在黃蓉耳邊道：「你睡罷，我留神著他們。」黃蓉低聲道：「我教你幾個啞巴罵人的手勢，明天你做給他看。」郭靖背靠上郭靖大腿。

道：「你自己幹麼不做？」黃蓉輕笑道：「那是粗話，女孩兒家說不出口。」郭靖心想：「原來啞巴也會罵人。」說道：「你先休息一會，明天再罵他不遲。」黃蓉傷後元氣未復，確也倦了，把頭枕在郭靖腿上，慢慢睡著了。她上身穿著軟蝟甲，留神不把肩背靠上郭靖大腿。

郭靖本擬打坐用功，但恐梢公起疑，當下橫臥艙板，默默記誦一燈大師所授九陰真經中梵文所錄總旨，依法照練，練了約莫半個時辰，只覺四肢百骸都充塞勁力，正自歡喜，忽聽得黃蓉迷迷糊糊的道：「靖哥哥，你別娶那蒙古公主，我自己要嫁給你的。」郭靖一怔，不知如何回答，只聽她又道：「不，不，我說錯了。我不求你甚麼，我知道你心中眞的只喜歡我，那就夠啦。」郭靖低聲叫了兩聲：「蓉兒，蓉兒。」黃蓉卻不答應，鼻息微聞，又沉沉睡去，原來剛才說的是夢話。

郭靖又愛又憐，但見淡淡的月光鋪在黃蓉臉上，此時她重傷初痊，血色未足，臉肌在月光之下，白得有似透明一般。郭靖呆呆的望著，過了良久，見她眉尖微蹙，眼中流出幾滴淚水來。郭靖心道：「她夢中必是想到了咱倆的終身之事，莫瞧她整日價似乎無憂無慮，嘻嘻哈哈的，其實心中卻不快活。唉，是我累得她這般煩惱，當日在張家口她如沒遇上我，於她豈不是好？可是我呢？我又捨得撇下她嗎？」

一個人在夢中傷心，一個睜著眼兒愁悶，忽聽得水聲響動，一艘船從上游駛了下來。郭靖微感詫異：「沅江水急灘險，甚麼船隻恁地大膽，竟在黑夜行舟？」正想探頭出去張望，忽聽得坐船後梢上有人輕輕拍了三下手掌，掌聲雖輕，但在靜夜之中，卻在江面上遠遠傳了出去。接著聽得收帆扳槳之聲，原來江心下航的船向右岸靠將過來，不多時，已與郭靖的坐船並在一起。

郭靖輕輕拍醒黃蓉，只覺船身微微一晃，忙掀起船篷向外張望，見一個黑影從自己船上躍往來船，瞧身形正是那啞巴梢公模樣。郭靖道：「我過去瞧瞧，你守在這兒。」黃蓉點點頭。郭靖矮著身子，躡足走到船首，見來船搖晃未定，縱身躍起，落在桅桿的橫桁之上，落點正好在那船正中，船身微微往下一沉，並未傾側，船上各人絲毫未覺。他貼眼船篷，從縫隙向下瞧去，見船艙中站著三名黑衣漢子，都是鐵掌幫的裝束，其中一人身形高大，頭纏青布，似是首領。

郭靖身法好快，那假裝啞巴的梢公雖比他先躍上來船，此時也剛走入船艙向那大漢躬身行禮，叫了聲：「喬寨主。」那喬寨主問道：「兩個小賊都在麼？」梢公道：「是。」喬寨主又問：「他們可起甚麼疑心？」那梢公道：「疑心倒沒有。只兩個小賊不肯在船上飲食，做不得手腳。」喬寨主哼了一聲，道：「左右叫他們在青龍灘上送命。後日正午，你們船過青龍灘，到離灘三里的青龍集，你就折斷船舵，咱們候在那裏接應。」那啞梢公應了。喬寨主又道：「這兩個小賊功夫厲害得緊，可千萬小心了。事成之後，幫主必有重賞。你從水裏回去，別晃動船隻，驚醒了他們。」那梢公道：「是。喬寨主還有甚麼吩咐？」喬寨主擺擺手道：「沒有了。」那梢公行禮退出，從船舷下水，悄悄游回。

郭靖雙足在桅桿上一撐，回到坐船，將聽到的言語悄悄與黃蓉說了。黃蓉冷笑道：「一燈大師那裏這般的急流，咱倆也上去了，還怕甚麼青龍險灘、白虎險灘？睡罷。」既知賊人陰謀，兩人反而寬懷，次日在舟中觀賞風景，安心休息，晚上也不必守夜。

到第三日早晨，那梢公正要收錨開船，黃蓉道：「且慢，先把馬匹放上岸去，莫在青龍灘中翻船，送了性命。」那梢公微微變色，假裝不懂。黃蓉雙手揚起，忍不住要「說」幾句粗話罵他，桃花島上的啞僕個個邪惡狠毒，罵人的「言語」自也不凡，黃蓉幼時學會，其實也不明其中含意，這時她左手兩指剛圍成圓圈，終覺不雅，格格幾聲輕笑，放下手來，自與郭靖牽馬上岸。

郭靖忽道：「蓉兒，別跟他們鬧著玩了。咱們從這裏棄船乘馬就是啦。」黃蓉道：「為甚麼？」郭靖道：「鐵掌幫陰險小人，何必跟他們計較？咱倆只要太太平平的廝守在一起，比甚麼都強。」黃蓉道：「難道咱倆當眞能太太平平的廝守一輩子？」郭靖默然，眼見黃蓉鬆開小紅馬的韁繩，指著向北的途徑。那小紅馬甚有靈性，數次離開主人，這時知道主人又要暫離，便放開足步向北奔去，片刻間沒了蹤影。

黃蓉拍手道：「下船去罷。」郭靖道：「你身子尚未復原，何必干冒危險？」黃蓉道：「你不來就算了。」自行走下江邊斜坡，上了篾篷船。郭靖無奈，只得跟著上船。黃蓉笑道：「傻哥哥，咱們此刻在一起多些希奇古怪的經歷，日後分開了，便多有點事情回想，豈不是好？」郭靖道：「咱們日後難道……難道當眞非分開不可？我……我說甚麼也不跟你分開！」黃蓉凝視著他臉不答。

郭靖心頭一片茫然，如有大鐵錘在心口敲擊。當時在牛家村一時意氣，答應了拖雷要娶華箏，此後才體會到其中的傷痛慘酷。

又駛了一個多時辰，眼見日將當午，沅江兩旁羣山愈來愈險峻，料想青龍灘已不在遠。靖蓉二人站在船頭眺望，只見上行的船隻都由人拉縴，大船的縴夫多至數十人，最小的小船也有三四人。每名縴夫躬身彎腰，一步步的往上挨著，額頭幾和地面相觸，在急流衝激之下，船隻竟似釘住不動一般。衆縴夫都頭纏白布，上身赤膊，古銅色的皮膚上滿是汗珠，在烈日下閃閃發光，口中大聲吆喝，數里長的河谷間呼聲此伏彼起，綿綿不絕。下行的船隻卻順流疾駛而下，刹那間掠過了一羣羣縴夫。

郭靖見了這等聲勢，不由得暗暗心驚，低聲向黃蓉道：「蓉兒，我先前只道沅江水勢縱險，咱倆也不放在心上。現下瞧這情勢，只怕急灘極長，如坐船翻了，你身子沒好全，或有不測。」黃蓉道：「依你說怎生處？」郭靖道：「打倒啞巴梢公，攏船靠岸。」黃蓉搖頭道：「那不好玩。」郭靖急道：「現下怎是玩的時候？」黃蓉抿嘴笑道：「我就是愛玩嘛！」郭靖見混濁的江水束在兩旁陡峯之間，湍急已極，心中暗自計議，但他心思遲鈍，又計議得出甚麼來？

江水轉了個彎，遠遠望見江邊有數十戶人家，房屋高高低低的倚山而建。急流送船，勢逾奔馬，片刻間到了屋邊。岸上有數十名壯漢沿江相候，啞梢公將船上兩根纜索抛上岸去，衆壯漢接住了，套在一個大絞盤上。十多人扳動絞盤，將船拉到岸邊。

這時下游又駛上一艘篾篷船，三十多名縴夫到了這裏都氣喘吁吁，有的便躺在江邊，疲累之極，再也動彈不得。郭靖心道：「瞧來下面的江水比這裏更急得多。」又見縴夫中有幾個是花白頭髮的老者，有幾個卻是十四五歲的少年，都面黃肌瘦，胸口肋骨根根凸出，驀地裏覺得世上人人皆苦，不由得喉頭似乎有物哽住了。

船靠岸後，那梢公抛下鐵錨，郭靖見山崖邊還泊著二十幾艘船。黃蓉問身旁一個男子：「大哥，這兒是甚麼地方？」那男子道：「青龍集。」

黃蓉點點頭，留神啞梢公的動靜，只見他跟斜坡上一名大漢打了幾下手勢，突然取出一柄斧頭，兩下猛砍，便斬斷了纜索，跟著伸手提起了鐵錨。那船給湍急的江水一沖，驀地裏側身橫斜，轉了個圈子，飛也似的往下游衝去。岸上衆人都大聲驚呼起來。

一過青龍集，河床陡然下傾，江水噴濺注瀉。啞梢公雙手掌舵，雙眼目不轉睛的瞪視著江面。兩名後生各執長篙，分站在他兩側，似是預防急流中有甚不測，又似護衛啞梢公，怕靖蓉二人前來襲擊。

郭靖見水流愈來愈急，那船如墮峭壁，狂衝而下，每一瞬間都能撞上山石，碰成碎片，高聲叫道：「蓉兒，搶舵！」說著拔步奔往後梢。兩名後生聽見叫聲，長篙挺起，各守一舷。郭靖那把這兩人放在眼裏，疾往右舷衝去。

黃蓉叫道：「慢著！」郭靖停步回頭，問道：「怎麼？」黃蓉低聲道：「你忘了鵰兒？待船撞翻，咱倆乘鵰飛走，瞧他們怎麼辦。」郭靖大喜，心想：「蓉兒在這急流之中有恃無恐，原來早就想到了這一著。」招手將雙鵰引在身旁。那啞梢公見他正要縱身搶來，忽又止步，不知兩人已有避難之法，還道兩個乳臭未乾的娃娃給湍急的江水嚇得手足無措，沒了主意，心中暗暗歡喜。

轟轟水聲之中，忽然遠處傳來縴夫的齊聲吆喝，刹時之間，已瞧見迎面一艘篾篷船逆水駛來，桅桿上一面黑旗迎風招展。啞梢公見了這船，提起利斧，喀喀幾聲，砍斷了舵柄，站在左舷，只待那黑旗船擦身而過時便即躍上。

郭靖按著雌鵰的背叫道：「蓉兒，你先上！」黃蓉卻道：「不用急！」心念一轉，叫道：「靖哥哥，擲鐵錨打爛來船。」郭靖依言搶起鐵錨。這時坐船失了舵掌，順水猛往來船衝去。眼見兩船相距已只丈餘，來船轉舵避讓，江上船夫與山邊縴夫齊聲大呼，郭靖奮力手揮鐵錨擲出，這一揮之中，使上了降龍十八掌中的一招「時乘六龍」，右掌勁發，全身似欲飛起，鐵錨疾飛出去，撞向來船船頭的縴桿。

那縴桿給七八條百丈竹索正拉得緊緊的，扳成了弓形，鐵錨攔腰撞到，喀喇一聲巨響，斷成了兩截。數十名縴夫正出全力牽引，竹索斗然鬆了，人人俯跌在地。那船登時有如紙鷂斷線，在水面上急轉幾圈，便即尾前首後的向下游衝去。衆人更大聲驚呼，頃刻間人聲水聲，在山峽間響成一片。

啞梢公出其不意，驚得臉色慘白，縱聲大叫：「喂，喂！救人哪，救人哪！」黃蓉笑道：「啞巴會說話啦，當眞是天下奇聞。」郭靖擲出一錨，手邊尙有一錨，見坐船與來船並肩順流衝下，相距甚近，吸一口氣，使出一招「見龍在田」，雙手舉錨揮了幾下，身子連轉三個圈子，一半運力，一半借勢，脫手將鐵錨拋向前船尾舵。

眼見這一下要將舵柄打得粉碎，兩船俱毀已成定局，忽然前船艙中躍出一人，搶起長篙刺出，篙身輕顫，貼在鐵錨柄上，那人勁力運處，竹篙彎成弧形，啪的一聲，篙身中折，但鐵錨給長篙這麼一掠，去勢偏了，水花飛濺，鐵錨和半截長篙都落入了江心。持篙那人身披黃葛短衫，一部花白鬍子在疾風中倒捲到耳邊，站在顚簸起伏的船梢上穩然不動，威風凜凜，正是鐵掌幫幫主裘千仞。

靖蓉二人見他斗然在這船上現身，不由得吃了一驚，心念甫轉，只聽喀喇喇一聲巨響，坐船船頭已迎面撞上一座礁石，這一下把兩人震得直飛出去，後心撞在艙門之上。江水來得好快，頃刻間已沒至足踝，這時要騎上鵰背，也已不及。

當此緊急關頭更無餘暇思索，郭靖飛身縱起，叫道：「跟我來！」一招「飛龍在天」，和身直撲，猛向裘千仞撞去。他知這時候生死間不容髮，若在敵船別處落足，裘千仞定然不待他站穩即行從旁襲擊，以他功力，自己必然禁受不起，現下迎面猛攻，逼他先取守勢，便有間隙在敵船取得立足之地。

裘千仞知他心意，半截竹篙一擺，在空中連刺數點，叫他拿不準刺來方向，虛虛實實，變幻不定。郭靖使一招「密雲不雨」，雙掌交替連拍，擊向裘千仞頭頂，左臂格開篙頭，身子續向敵船落去。裘千仞縱聲長嘯，竹篙脫手，併掌往郭靖當胸擊去，他足踏實地，敵在半空，掌力一交上了，非將對手震入江中不可。

那竹篙尚在半空未落，突然橫來一根竹棒在篙上一搭，借勢躍來一人，正是黃蓉。她人未至，棒先到，凌虛下擊，連施三下殺手。裘千仞料不到她來勢竟這般迅捷，左眼險爲棒端戳中，只得還掌擋格。郭靖乘機站上船梢，「降龍十八掌」中極少使用的一招「損則有孚」出招夾擊。裘千仞不敢怠慢，側身避過竹棒，右腿橫掃，將郭靖逼開一步，隨即呼呼拍出兩掌。

這鐵掌功夫豈同尋常？鐵掌幫開山建幫，數百年來揚威中原，靠的就是這套掌法，到了上官劍南與裘千仞手裏，更多化出了不少精微招術，威猛雖不及降龍十八掌，但掌法精奇巧妙，猶在降龍十八掌之上。兩人頃刻之間在後梢頭拆了七八招，各存忌憚，掌未使足，已然收招，水聲雖響，卻也蓋不了四張手掌發出的呼呼風聲。

這時裘千仞的坐船中早有幫眾搶上來掌住了舵，慢慢轉過船來，頭前尾後，向下游急衝。啞梢公所乘那船已碎成兩截，船板、布帆、啞梢公和兩個後生都在一個大漩渦中團團打轉。啞梢公大聲慘呼，遠遠傳送過來，果然是聲音洪亮。黃蓉百忙中左手向身後揮出，做個手勢，終於還是「罵」了他一句，反正沒旁人見到，不雅也就算了。啞梢公等三人雖竭力掙扎，怎逃得出水流的牽引，轉眼間捲入了漩渦中心，直沒江底。

黑旗船順水疾奔。黃蓉回頭望去，漩渦已在兩三里之外。雙鵰在空中盤旋飛翔，不住啼鳴。黃蓉揮動竹棒，把船上幫眾逼向船頭，返身正要相助郭靖雙戰裘千仞，眼角間瞥見船艙中刀光閃動，一名黑衣漢子舉刀猛向甚麼東西砍落。

她也不及看清那人要砍甚麼，左手揚處，一把鋼針飛出，都釘上他手腕手臂。那人手中鋼刀跌落，砍上自己右腿，大聲慘叫。黃蓉搶入船艙，舉腳將他踢開，見艙板上橫臥著一人，手足受縛，動彈不得。那人一對眼冷冷的瞧著自己，卻是神算子瑛姑。

黃蓉萬料不到竟會在此處救了她性命，拾起艙板上鋼刀，割斷她手上繩索。瑛姑雙手脫縛，右手斗地伸出，施展小擒拿手從黃蓉手裏奪過鋼刀。黃蓉猝不及防，但見刀光閃動，瑛姑已一刀將那黑衣漢子砍死，這才彎腰割斷她自己腳上繩索，說道：「你雖救了我，可別盼我將來報答。」黃蓉笑道：「誰要你報答了？你救過我，今日我救還你一次，正好扯直，以後咱們誰也不欠誰的情。」

黃蓉說著後半句時，已搶到船梢，伸竹棒上前相助郭靖。裘千仞腹背受敵，掌上加勁，倒也支持得住。但聽得撲通、撲通、啊喲、啊唷之聲連響，瑛姑持刀將船上幫眾一一逼入江中。在這激流之中，再好的水性也逃不了性命。

裘千仞與郭靖對掌，本已漸佔上風，但黃蓉使打狗棒法上來加攻，他以一敵二，十餘招以後，不由得左支右絀，繞著船舷不住倒退，他背心向著江面，教黃蓉攻不到他後背。郭靖連使狠招，裘千仞雙足猶似釘在船舷上一般，再也逼不動他半寸，這時只消退得一步，立時身墮江心。黃蓉心道：「你雖然外號『鐵掌水上飄』，但這『水上飄』三字也不過你自吹輕功了得，莫說在這江中的駭浪驚濤之上，便湖平如鏡，畢竟也不能在水面飄行。除非學了你老兄的法子，先在水底下打上幾千幾百根木樁。」又見他出掌沉穩，目光不住向江面上眺望，似在盼望再有船隻駛來援手，心想：「你武功雖高，但今日咱們以三敵一，如再奈何不了你，咱們也算膿包之至了。」

這時瑛姑已將船上幫眾掃數驅入水中，只留下掌舵的一人，見靖蓉二人一時不能得手，冷笑道：「小姑娘讓開了，我來。」黃蓉聽她言語中意存輕視，不禁有氣，竹棒前伸，連攻兩招，這是以進爲退，待裘千仞側身相避，便即躍後兩步，拉了拉郭靖的衣襟，說道：「讓她來打。」郭靖收掌護身，退了下來。

瑛姑冷笑道：「裘幫主，你在江湖上也算名氣不小，卻乘我在客店中睡著不防，用迷香害我。這般下三濫的勾當，虧你也做得出來。」裘千仞道：「你給我手下人擒住，還說甚麼嘴？若是我自己出馬，只憑這雙肉掌，十個神算子也料理了。」瑛姑冷冷的道：「我甚麼地方得罪鐵掌幫啦？」裘千仞道：「這兩個小賊擅闖我鐵掌峯聖地，你幹麼收留在黑沼之中？我好言求你放人，你竟敢謊言包庇，你當我裘千仞是好惹的麼？」瑛姑道：「啊，原來是爲了這兩個小賊。你有本事儘管拿去，我才不理會這些閒事呢。」說著退後幾步，抱膝坐倒在船舷，神情閒逸，竟存了隔山觀虎鬥之心，要靖蓉二人和裘千仞拚個兩敗俱傷。她這麼一來，裘千仞、郭靖、黃蓉三人都大出意料之外。

瑛姑當時行刺一燈大師，爲郭靖以身相代，又見一燈袒胸受刃，忽然天良發現，再也不忍下手，下得山來，愛兒慘死的情狀卻又在腦際縈繞不去。她在客店中心煩意亂，憤怨糾結，於神不守舍之際，竟給鐵掌幫用迷藥做翻，否則以她的精明機伶，豈能折在無名小輩之手？這時見了靖蓉二人，滿腔怨毒無處發洩，竟盼他們三人在這急流中同歸於盡。

黃蓉心道：「好，我們先對付了裘千仞，再給你瞧些好的。」向郭靖使個臉色，兩人一使竹棒，一發雙掌，並肩向裘千仞攻去，頃刻間三人又打了個難解難分。瑛姑凝神觀鬥，見裘千仞掌力雖然凌厲，終難勝二人，但見他不住移動腳步，似是要設法出奇制勝。

郭靖怕黃蓉重傷初愈，鬥久累脫了力，說道：「蓉兒，你且歇一會，待一忽兒再來助我。」黃蓉笑道：「好！」提棒退下。

瑛姑見二人神情親密，郭靖對黃蓉體貼萬分，心想：「我一生之中，幾時曾有人對我如此？」由羨生妒，因妒轉恨，忽地站起，叫道：「以二敵一，算甚麼本事？來來來，咱四人兩對兩的比個輸贏。」雙手在懷中一探，取出兩根竹籌，不待黃蓉答話，雙籌縱點橫打，向她攻去。黃蓉罵道：「失心瘋的婆娘，難怪連老頑童也不愛你。」

瑛姑雙眉倒豎，攻勢更厲。她這一出手，船上形勢立變。黃蓉打狗棒法雖然精妙，畢竟不及她功力深厚，何況重傷之後，內力未復，身法頗減靈動，只得以「封」字訣勉力擋架。瑛姑滑溜如魚，在這顛簸起伏、搖晃不定的船上，更能大展所長。黃蓉只得出言引她心神恍惚，說道：「你愛上老頑童，可不用學他的瘋瘋顛顛，我跟你說，他不愛瘋顛婆娘。」

那邊郭靖與裘千仞對掌，一時未分勝敗。郭靖自得一燈大師指點武學精要，這些日子來內力雖未能速增，掌法循環牽引之道卻領悟了不少，勉力支撐，居然尚能自保。裘千仞見瑛姑先由敵人變爲兩不相助、忽又由兩不相助變爲出手助己，雖感莫名其妙，卻不禁暗暗叫好，精神一振，掌力更爲沉狠，料得定時候稍長，對手終究會抵擋不住，見郭靖揮掌猛擊而來，當即側身，避過正面鋒銳，右掌高，左掌低，同時拍出。郭靖回掌兜截，一招「損則有孚」，四掌相接，各使內勁。兩人同時「嘿」的一聲呼喊，都退出了三步。裘千仞退向後梢，拿住了勢子。郭靖左腳卻在船索上一絆，險些跌倒，他怕敵人乘虛襲擊，索性乘勢翻倒，一滾而起，使掌護住門戶。

裘千仞勝算在握，又見他跌得狼狽，不由得哈哈一聲長笑，踏步再上。

瑛姑已把黃蓉逼得氣喘吁吁，額頭見汗，正感快意，突然間聽到笑聲，不由得心頭大震，臉色劇變，左手竹籌發出了竟忘記撤回。黃蓉見此空隙，良機難逢，竹棒急轉，點向她前胸，棒端正要戳中她胸口「神藏穴」，驀見瑛姑身子顫動，如中風邪，大叫一聲：「原來是你！」勢若瘋虎般直撲裘千仞。

裘千仞見她雙臂猛張，這一撲直已把性命置之度外，口中惡狠狠的露出一口白牙，似要牢牢將自己抱住，再咬下幾口肉來，他雖武功高強，見了這般拚命的狠勁，也不由得吃驚，忙旁躍避開，叫道：「你幹甚麼？」

瑛姑更不打話，一撲不中，隨即雙足力登，又向他撲去。裘千仞左掌掠出，往她肩頭擊落，滿擬她定要伸手相格，豈知瑛姑不顧一切，對敵人來招絲毫不加理會，仍然向他猛撲。裘千仞大駭，心想只要給這瘋婦抱住了，只怕急切間解脫不開，那時郭靖上來一掌，自己那有命在？當下顧不得掌擊敵人，先行逃命要緊，忙矮身竄向左側。

黃蓉拉著郭靖的手，讓在一邊，見瑛姑突然發瘋，甚感驚懼，但見她狂縱狠撲，口中荷荷發聲，張嘴露牙，拚著命要抱住裘千仞。

裘千仞武功雖高，但瑛姑豁出了性命不要，委實奈何她不得，只得東閃西避，眼見她臉上肌肉扭曲，神情猙獰，心中愈來愈怕，暗叫：「報應，報應！今日當眞要命喪這瘋婦之手。」瑛姑再撲幾次，裘千仞已避到了舵柄之旁。瑛姑眼中如要噴血，一抓仍然不中，手掌起處，蓬的一聲把掌舵漢子打入江中，接著飛腳又踢斷了舵柄。

那船一失掌舵，在急流中立時亂轉。黃蓉暗暗叫苦：「這女子遲不遲，早不早，偏在這時突然發起瘋來，看來咱們四人都難逃命。」當下撮唇作嘯，要召雙鵰下來救命。就在此時，那船突然打橫，撞向岸邊岩石，砰的一聲巨響，船頭破了個大洞。

裘千仞見瑛姑踢斷舵柄，已知她決意與己同歸於盡，眼見離岸不遠，心想不管是死是活，非冒險逃命不可，斗然提氣向岸上縱去。這一躍雖使全力，終究還差了丈些，上不了岸，撲通一聲，跌入水裏，立時沉至江底，他身子一冒上來，立時給急流沖走，幸好毀船之餘，江中飄浮不少斷桅碎木，裘千仞抓住一根斷木，牢牢抱住，乘流而下。他不通水性，但內功深厚，在急流中一面閉氣，一面拚命向岸邊划去，雖吃了十多口水，終於爬上了岸。他筋疲力盡，坐在石上喘氣，已在下游十餘里之遙，但見那船在遠處已成為一個黑點，想起瑛姑咬牙切齒的神情，兀自心有餘悸。

瑛姑見裘千仞離船逃脫，大叫：「惡賊，逃到那裏去？」奔向船舷，跟著要躍下水去。這時那船又已給急流沖回江心，在這險惡的波濤之中，下去那有性命？郭靖不忍她送命，奔上抓住她後心。瑛姑大怒，回手揮去，郭靖忙低頭避過。

黃蓉見雙鵰已停在艙面，叫道：「靖哥哥，理這瘋婦作甚？咱們快走。」江水洶湧，轉瞬間便要浸到腳面，郭靖鬆開了手，見瑛姑雙手掩面，放聲大哭，不住慘呼：「兒啊！兒啊！」黃蓉連聲催促。郭靖想起一燈大師的囑咐，命他照顧瑛姑，叫道：「你快乘鵰上岸，再放回來接我們。」黃蓉急道：「那來不及啊。」郭靖道：「你快走！咱們不能負了一燈大師的託付。」

黃蓉想起一燈的救命之恩，登感躊躇，正自徬徨無計，突然轟的一聲猛響，船身又撞中了江心一塊大礁，身受劇震，江水直湧進艙，船身頃刻間沉下數尺。黃蓉叫道：「跳上礁去！」郭靖點點頭，躍過去扶住瑛姑。

這時瑛姑如醉如痴，見郭靖伸手來扶，毫不抗拒，雙眼發直，望著江心。郭靖右手托在她腋下，叫道：「跳！」三人一齊躍上礁石。那礁石在水面下約有尺許，江水在三人身周奔騰而過，濺得衣衫盡濕，待得三人穩穩站定，那艘篾篷船已沉在礁石之旁。黃蓉雖然自幼與波濤爲伍，但見滾滾急流掠身瀉注，也不禁頭暈目眩，抬頭向天，不敢平視江水。

郭靖作哨呼鵰，要雙鵰下來揹人。不料雙鵰怕水，盤旋來去，始終不敢停上浸在水面下的礁石。黃蓉四下張望，見左岸挺立著一棵大柳樹，距礁石不過十來丈遠，心生一計，道：「靖哥哥，你拉住我手。」郭靖依言握住她左手，咕咚一響，黃蓉溜入了江中。郭靖大驚，見她向水下沉船潛去，忙伏低身子，自己的上身也浸入了水中，儘量伸長手臂，雙足牢牢鉤住礁石上一塊凸出的尖角，右手用勁握住她左腕，唯恐江水沖擊之力太強，一個脫手，那她可永遠不能上來了。

黃蓉潛向沉船桅桿，扯下帆索，回身上礁，雙手交互將船上的帆索收了上來。待收到二十餘丈，說道：「靖哥哥，你短劍給我！」郭靖將腰間短劍遞了給她。黃蓉拔劍出鞘，割斷繩索，然後伸出臂去，招呼雌鵰停在她肩頭。這時雙鵰身量已長得頗爲沉重，郭靖怕她禁受不起，伸臂接過。

黃蓉將繩索一端縛在雌鵰足上，向大柳樹一指，打手勢叫牠飛去。雌鵰托著繩索在柳樹上空打了幾個盤旋，重又飛回。黃蓉急道：「唉，我是叫你在樹上繞一轉再回來。」可是那鵰不懂言語，只急得她不住嘆氣。到第八次上，黃蓉將鵰身放低，那鵰才碰巧繞了柳樹一轉回來。靖蓉二人大喜，將繩索的兩端用力拉緊，牢牢縛在礁石凸出的尖角上。

郭靖道：「蓉兒，你先上岸罷。」黃蓉道：「不，我陪你，讓她先去。」瑛姑向兩人瞪了一眼，也不說話，雙手拉著繩子，交互換手，上了岸去。

黃蓉笑道：「小的侍候一套玩意兒，郭大爺，你多賞賜罷！」一躍上繩，施展輕身功夫，就像賣藝的姑娘空中走繩一般，揮舞竹棒穩定身子，橫過波濤洶湧的江面，到了柳樹枝上。

郭靖沒練過這功夫，只怕失足，不敢依樣葫蘆，也如瑛姑那般雙手攀繩，身子懸在繩下，吊向岸邊，眼見離岸尚有數丈，忽聽黃蓉叫道：「咦，你到那裏去？」聽她語氣之中頗有驚訝之意，郭靖怕瑛姑神智未清，出了亂子，急忙雙手加快，不等攀到柳樹，已躍下地來。黃蓉指著南方，叫道：「她走啦。」郭靖凝目而望，只見瑛姑在亂石山中全力奔跑，說道：「她心神已亂，一個人亂走只怕不妥，咱們追。」黃蓉道：「好罷！」提足要跑，突然雙腿酸軟，隨即坐倒，搖了搖頭。

郭靖知她傷後疲累過度，不能再使力奔跑，說道：「你坐著歇歇，我去追她回來。」向瑛姑奔跑的方向發足急趕，轉過一個山坳，前面共有三條小路，瑛姑已人影不見，不知她從何而去。此處亂石嵯峨，長草及胸，四野無人，眼見夕陽下山，天漸昏暗，生怕黃蓉遇險，只得廢然而返。

兩人在亂石中忍飢過了一宵，次晨醒來，沿著江邊小路而下，要尋到小紅馬再上大路。走了半日，找到一家小飯店打尖，買了三隻鷄，一隻自吃，兩隻餵了雙鵰。雙鵰停在高樹之上，把兩頭公鷄啄得毛羽紛飛，酣暢吞食，驀地裏雌鵰昂首長鳴，拋下半隻沒吃完的公鷄，振翅向北疾飛。雄鵰跟著飛起，鳴聲啾急，隨後急趕。郭靖道：「兩頭鵰兒的叫聲似乎甚是忿怒，不知見到了甚麼？」黃蓉道：「瞧瞧去。」

兩人跑上大路，只見雙鵰在遠處盤翔兩周，突然同時猛撲而下，一撲即起，打了幾個圈子，又再撲下。郭靖道：「遇上了敵人。」兩人加快腳步趕去，追出兩三里，只見前面房屋櫛比鱗次，是個市鎮，雙鵰卻在空中交叉來去，似是失了敵蹤。

二人趕到鎮外，呼哨命雙鵰下來，雙鵰卻不理會，只四下盤旋找尋。郭靖道：「鵰兒不知跟誰有這麼大的仇恨。」過了好一陣，雙鵰才先後下來。只見雄鵰左足上鮮血淋漓，一條刀痕著實不淺，若非筋骨堅硬，那隻腳已給砍下來了，再看雌鵰，卻見牠右爪牢牢抓著一塊黑黝黝之物，取出看時，原來是塊人的頭皮，帶著一大叢頭髮，想來是讓牠硬生生從頭上抓下來的，頭皮的一邊鮮血斑斑。

黃蓉給雄鵰在傷足上敷了金創藥。郭靖將頭皮翻來翻去的細看，沉吟道：「這對鵰兒自小十分馴良，若不是有人相犯，決不會輕易傷人，怎會突然跟人爭鬥？」黃蓉道：「其中必有蹊蹺，只要找到這失了一塊頭皮之人就明白了。」兩人在鎮上客店中宿了，分頭出去打聽。但那市鎮甚大，人煙稠密，兩人訪到天黑，絲毫不見端倪。郭靖道：「我到處找尋沒了一片頭皮之人，始終找不到。」黃蓉微笑道：「那人沒了頭皮，想必要戴上頂帽兒遮住。」郭靖大叫一聲：「咦！」恍然大悟，想起適才在鎮上所見，戴帽之人著實不少，卻也無法再去一一揭下他們的帽子來察看。

次晨雙鵰飛出去將小紅馬引到。兩人記掛洪七公的傷勢，又想中秋將屆，煙雨樓頭有比武之約，雙鵰與人結仇，也非大事，便啓程東行。

兩人同騎共馳，小紅馬奔行迅速，雙鵰飛空相隨。一路上黃蓉笑語盈盈，嬉戲歡暢，尤勝往時，雖至午夜，仍不肯安睡。郭靖見她疲累，常勸她早些休息，黃蓉卻只不理，有時深夜之中，也抱膝坐在榻上，尋些無關緊要的話頭，跟他有一搭沒一搭的胡扯。

這日從江南西路到了兩浙東路境內，縱馬大奔了一日，已近東海之濱。兩人在客店中歇了，黃蓉向店家借了隻菜籃，要到鎮上買菜做飯。

郭靖勸道：「你累了一天，將就吃些店裏的飯菜算啦。」黃蓉道：「我是做給你吃，難道你不愛吃我做的菜麼？」郭靖道：「自然愛吃，不過我要你多歇歇，待將養好了，慢慢再做給我吃也不遲。」黃蓉道：「待我將養好了，慢慢再做……」臂上挽了菜籃，左腳跨在門檻之外，竟自怔住了。郭靖尚未明白她的心思，輕輕從她臂上除下菜籃，道：「是啊，待咱們找到師父，一起吃你做的好菜。」

黃蓉呆立了半晌，回來和衣倒在床上，不久似乎睡著了，臉上卻有淚水。

店家開飯出來。郭靖叫她吃飯。黃蓉躍起身來，笑道：「靖哥哥，咱們不吃這個，你跟我來。」郭靖依言隨她出店，走到鎮上。黃蓉揀一家白牆黑門的大戶人家，見大門大開，有不少賓客進去，裏面鼓吹相迎，當即繞到後牆，躍入院中。郭靖不明所以，跟著進去。黃蓉逕向前廳闖去，只見廳上燈燭輝煌，主人正在請客。

黃蓉大喜，叫道：「妙極！這可找對了人家。」笑嘻嘻的走向前去，喝道：「通統給我滾開。」廳上筵開三席，賓主三十餘人一齊吃驚，見她是個美貌少女，個個相顧愕然。黃蓉順手揪住一個肥胖客人，腳下一勾，摔了他個觔斗，笑道：「還不讓開？」眾客一轟而起，亂成一團。主人大叫：「來人哪，來人哪！」

嘈雜聲中，兩名教頭率領十多名莊客，掄刀使棒，打將入來。黃蓉笑吟吟的搶上，不兩招已將兩名教頭打倒，奪過一把鋼刀，舞成一團白光，假意向前衝殺。眾莊客發一聲喊，跌跌撞撞，爭先恐後的都逃了出去。

主人見勢頭不對，待要溜走，黃蓉縱上去一把扯住他鬍子，右手掄刀作勢便砍。那主人慌了手腳，雙膝跪倒，顫聲道：「女……女大王……好……姑娘……你要金銀，立時……馬上取出獻上，只求你饒我一條老命……」黃蓉笑道：「誰要你金銀？快起來陪我們飲酒。」左手揪著他鬍子提了上來。那主人吃痛，卻不敢叫喊。

黃蓉一扯郭靖，兩人居中在主賓的位上坐下。黃蓉叫道：「大家坐啊，怎麼不坐了？」手一揚，一把明晃晃的鋼刀揷在桌上。衆賓客又驚又怕，擠在下首兩張桌邊，沒人敢坐到上首的桌旁來。黃蓉喝道：「你們不肯陪我，是不是？誰不過來，我先宰了他？」衆人聽了，紛紛擁上，你推我擠，倒把椅子撞翻了七八張。黃蓉喝道：「又不是三歲小孩，好好兒坐也不會嗎？」衆賓客推推擠擠，好半晌才分別在三張桌邊坐定了。

黃蓉自斟自飲，喝了杯酒，問主人道：「你幹麼請客，家裏死了人嗎？死了幾個？」主人結結巴巴的道：「小老兒晚年添了個孩兒，今日是彌月湯餅之會，驚動了幾位親友高鄰。」黃蓉笑道：「那很妙啊，把小孩抱出來瞧瞧。」

那主人面如土色，只怕黃蓉傷害了孩子，但見到席上所揷的鋼刀，卻又不敢不依，只得命奶媽抱了孩子出來。黃蓉抱過孩子，在燭光下瞧瞧他的小臉，再望望主人，側頭道：「一點也不像，只怕不是你生的。」那主人神色尷尬，全身顫抖，只道：「是，是！」也不知他說確是他自己生的，還是說：「姑娘之言甚是。」衆賓客覺得好笑，卻又不敢笑。黃蓉從懷裏掏出一錠黃金，交給奶媽，又把孩子還給了她，道：「小意思，算是他外婆的一點見面禮罷。」衆人見她小小年紀，竟然自稱外婆，又見她出手豪闊，個個面面相覷。那主人自喜出望外，連聲稱謝。

黃蓉道：「來，敬你一碗！」取一隻大碗來斟了酒，放在主人面前。那主人道：

「晚輩量淺，阿姨恕罪則個。」他聽黃蓉對他兒子自稱「外婆」，料來她喜自居長輩，便將「姑娘」叫成了「阿姨」。黃蓉秀眉上揚，伸手一把扯住他鬍子喝道：「今天咱們辦喜事還是辦喪事？你喝不喝？」主人無奈，只得端起碗來，骨都骨都的喝了下去。

黃蓉笑道：「是啊，這才痛快，來，咱們來行個酒令。」她要行令就得行令，滿席之人誰敢違拗？但席上不是商賈富紳，就是腐儒酸丁，哪有一個眞才實學之人？各人戰戰兢兢的胡謅，黃蓉一會兒就聽得不耐煩了，喝道：「都給我站在一旁！」衆人如逢大赦，急忙站起來。只聽得咕咚一聲，那主人連人帶椅仰天跌倒，原來他酒力發作，再也支持不住了。

黃蓉哈哈大笑，自與郭靖飲酒談笑，旁若無人，讓衆人眼睜睜的站在一旁瞧著，直吃到初更已過，郭靖勸了幾次，這才盡興而歸。

回到客店，黃蓉笑問：「靖哥哥，今日好玩嗎？」郭靖道：「無端端的累人受驚擔怕，卻又何苦來？」黃蓉道：「我但求自己心中平安舒服，那去管旁人死活。」郭靖一怔，覺得她語氣頗不尋常，但一時也體會不到這言語中的深意。黃蓉忽道：「我要出去逛逛，你去不去？」郭靖道：「這陣子還到那裏？」黃蓉道：「我想起剛才那孩兒倒也有趣，外婆去抱來玩上幾天，再還給人家。」郭靖驚道：「這怎使得？」

黃蓉一笑，已縱出房門，越牆而出。郭靖急忙追上，拉住她手臂勸道：「蓉兒，你已玩了這麼久，難道還不夠麼？」黃蓉站定身子，說道：「自然不夠！」她頓了一頓，又道：「要你陪著，我才玩得有興致。過幾天你就要離開我啦，你去陪那華箏公主，她一定不許你再來見我。跟你在一起的日子，過得一天，就少了一天。我一天要當兩天、當三天、當四天來使。這樣的日子我過不夠。靖哥哥，晚間我不肯安睡休息，卻要跟你胡扯瞎談，你現下懂了罷？你不會再勸我了罷？」

郭靖握著她的手，又憐又愛，說道：「蓉兒，我生來心裏胡塗，一直不明白你對我這番心意，我……我……我不能離開你……」說到這裏，卻又不知如何說下去。

黃蓉微微一笑，道：「從前爹爹教我唸了許多詞，都是甚麼愁啦、恨啦。我只道他念著我那去世了的媽媽，因此儘愛唸這些話。今日才知在這世上，歡喜快活原只一忽兒時光，愁苦煩惱才是一輩子的事。爹爹常說：『世上無人不傷心！』這話眞對！」

柳梢頭上，淺淺一彎新月，夜涼似水，微風拂衣。郭靖心中本來一直渾渾噩噩，雖知黃蓉對自己一片深情，卻不知情根之種，惱人至斯，這時聽了她這番言語，回想日來她的一切光景，心想：「我是個粗魯直肚腸的人，將來跟蓉兒分別了，雖然常常會想著她、念著她，但總也能熬得下來。可是她呢？她一個人在桃花島上，只有她爹爹相伴，豈不寂寞？」隨即又想：「將來她爹爹總是要去世的，那時只有幾個啞巴僕人陪著她，她小心眼裏整日就愛想心思、轉念頭，這可不活活的坑死了她？」思念及此，不由自主的打了個寒顫，雙手握住了她手，痴痴望著她臉，說道：「蓉兒，就算天塌下來了，我也在桃花島上陪你一輩子！」

黃蓉身子一顫，抬起頭來，顫聲問道：「你……你說甚麼？」郭靖道：「我再也不理甚麼成吉思汗、甚麼華箏公主，這一生一世，我只陪著你。」黃蓉低呼一聲，縱體入懷。郭靖伸臂摟住了她，這件事一直苦惱著他，此時突然把心一橫，不顧一切的如此決定，心中登感舒暢。兩人摟抱在一起，一時渾忘了身外天地。

過了良久，黃蓉輕輕道：「你媽呢？」郭靖道：「我接她到桃花島上住。」黃蓉道：「你不怕你師父哲別、義兄拖雷他們麼？」郭靖道：「他們對我情深義重，但我的心分不成兩個。」黃蓉道：「你江南的六位師父呢？馬道長、丘道長他們又怎麼說？」郭靖嘆了口氣道：「他們定要生我的氣，但我會慢慢求懇。蓉兒，你離不開我，我也離不開你呢。」

黃蓉笑道：「我有個主意。咱們躲在桃花島上，一輩子不出來，島上我爹爹的布置何等玄妙，他們就是尋上島來，也找不到你來責罵。」

郭靖心想這法兒可不妥當，正要叫她另籌妙策，忽聽十餘丈外腳步聲響，兩個夜行人施展輕身功夫，從南向北急奔而去，依稀聽得一人說道：「老頑童已上了彭大哥的當，不用怕他，咱們快去。」

黃蓉斥道：「你作死嗎？」在靈智上人肩頭輕輕一推。那和尚應手而倒，橫臥於地，仰面朝天，雙手雙腳蜷曲不動，仍做著盤膝打坐的姿式，模樣甚爲古怪。

# 第三十三回　來日大難

郭靖與黃蓉此刻心意歡暢，原不想理會閒事，但聽到「老頑童」三字，心中一凜，同時躍起，忙隨後跟去。前面兩人武功平平，並未知覺。出鎮後奔了五六里，那兩人轉入一個山坳，只聽得呼喊叫罵之聲，不斷從山後傳出。

靖蓉二人足下加勁，跟入山坳，只見一堆人聚在一起，有兩人手持火把，人叢中周伯通坐在地下，僵硬不動，不知生死；又見周伯通對面盤膝坐著一人，身披大紅袈裟，正是靈智上人，也是一動不動。

周伯通左側有個山洞，洞口甚小，只容一人彎腰而入。那堆人中有人向著洞口吆喝叫罵，卻不敢走近，似怕洞中有甚麼東西出來傷人。

郭靖記起那夜行人曾說「老頑童上了彭大哥的當」，又見周伯通坐著宛如一具殭屍，只怕他已遭難，心下惶急，縱身欲上。黃蓉拉住他手臂，低聲道：「瞧清楚了再說。」二人縮身在山石之後，看那洞外幾人時，原來都是舊相識：參仙老怪梁子翁，鬼門龍王沙通天，千手人屠彭連虎，少了一條手臂、額頭卻多了三個肉瘤的三頭蛟侯通海，還有兩人就是適才所見的夜行人，火光照在他們臉上，認得是梁子翁的弟子，郭靖初學降龍十八掌時曾和他們交過手。

黃蓉心想這幾人現下已不是郭靖和自己對手，四下環望，不見再有旁人，低聲道：「以老頑童的功夫，這幾個傢伙怎能奈何得了他？瞧這情勢，西毒歐陽鋒必定窺伺在旁。」正想設法查探，只聽彭連虎喝道：「狗賊，再不出來，老子用煙來薰了。」洞中一人沉著聲音道：「有甚麼臭本事，都抖出來罷。」

郭靖聽聲音正是大師父柯鎮惡，那裏還理會歐陽鋒是否在旁，大聲叫道：「師父，徒兒郭靖來啦！」人隨聲至，手起掌落，已抓住侯通海的後心，將他身子甩了出去。

這一出手，洞外衆人登時大亂。沙通天與彭連虎並肩攻上，梁子翁繞到郭靖身後，欲施偷襲。柯鎮惡在洞中聽得明白，揚手一枚毒菱往他背心打去。暗器破空，風聲勁急，梁子翁急忙低頭，毒菱從頂心掠過，勁風擦得他頭皮隱隱作痛，只嚇得他背上冷汗直冒，知道柯鎮惡的暗器餵有劇毒，當日彭連虎就險些喪生於此，忙躍開丈許，伸手一摸頭頂，幸未擦破頭皮，忙從懷中取出透骨釘，從洞左悄悄繞近，要想射入洞中還報；

手剛伸出，突然腕上一痲，已給甚麼東西打中，錚的一聲，透骨釘落地，只聽得一個女子聲音笑道：「快跪下，又要吃棒兒啦！」

梁子翁急忙回頭，只見黃蓉手持竹棒笑吟吟的站著，驚怒交集，左手發掌擊她肩頭，右手逕奪竹棒。黃蓉閃身避開他左手一掌，卻不移動竹棒，讓他握住了棒端。梁子翁大喜，伸手回奪，心想這小姑娘若不放手，定然連人帶棒拖將過來。一奪之下，竹棒果然順勢而至，豈知棒端忽地抖動，滑出了他手掌。這時棒端已進入他守禦的圈子，他雙手反在棒端之外，急忙回手抓棒，那裏還來得及，眼前青影閃動，啪的一聲，夾頭夾腦給竹棒當頭重重猛擊了一下。總算他武功不弱，危急中翻身倒地，滾開丈餘，躍起身來，怔怔望著這個明眸皓齒的小姑娘，頭頂疼痛，心中胡塗，臉上尷尬。

黃蓉笑道：「你知道這棒法的名字，既給我打中了，你可變成甚麼啦？」梁子翁當年吃過這「打狗棒法」的苦頭，曾給洪七公整治得死去活來，雖事隔多年，仍心有餘悸。眼見棒是洪七公的打狗棒，棒法是洪七公的打狗棒法，打中的偏偏是自己身子，而自己似乎並不是狗。摸著頭頂，不明所以，瞥眼見沙彭二人不住倒退，在郭靖掌力催迫下只賸招架之功，叫道：「衝著洪老幫主的面子，咱們就避一避罷！」招呼了兩名弟子，轉身便奔。

郭靖左肘回撞，把沙通天逼得倒退三步，左手隨勢橫掃。彭連虎見掌風凌厲，不敢硬接，急忙避讓。郭靖右手勾轉，已抓住他後心提將起來。彭連虎身子矮小，登時雙足凌空，想要揮拳踢足抗禦，但四肢全沒了力氣，眼見郭靖左手握拳，就要如鐵椎般當胸擊來，這一下如何經受得起，忙叫：「今兒是八月初幾？」郭靖一怔，問道：「甚麼？」彭連虎又道：「你顧不顧信義？男子漢大丈夫說了話算不算數？」郭靖再問：「甚麼？」右手仍將他身子提著。彭連虎道：「咱們約定八月十五在嘉興煙雨樓比武，這裏是不是嘉興？今天是不是中秋？你怎能傷我？」

郭靖心想不錯，正要放開他，忽然想起一事，問道：「你們把我周大哥怎麼了？」彭連虎道：「老頑童跟那和尚賭賽誰先動彈誰輸，關我甚事？」

郭靖向地下坐著的兩人望了一眼，登時寬懷，心道：「原來如此。」高聲叫道：「大師父，您老人家安好罷？」柯鎮惡在洞中哼了一聲。郭靖怕放手時彭連虎突然出足踢己前胸，右手揮出，將他擲出丈許，叫道：「去罷！」

彭連虎借勢縱躍，落在地下，見沙通天與梁子翁早已遠遠逃走，暗罵他們不夠朋友，向郭靖抱拳道：「七日之後，煙雨樓頭再決勝負。」轉身施展輕功，疾馳而去。一路之上大惑不解：「每見一次這小子，他武功便增長幾分，那是甚麼古怪？到底是服了靈丹妙藥，還是得了神仙傳授？」

黃蓉走到周伯通與靈智上人身旁，見兩人各自圓睜雙眼，互相瞪視，當眞連眼皮也不眨一眨。黃蓉見到這情勢，再回想那夜行人的說話，已知是彭連虎使了奸計，他們忌憚老頑童武功了得，出言相激，讓這和尚與他賭賽誰先動彈誰輸。靈智上人的武功本來與他相去何止倍蓰，但用這法兒卻可將他穩穩絆住，旁人就可分手去對付柯鎮惡了。老頑童既喜有人陪他嬉耍，又無機心，自不免著了道兒，旁邊雖打得天翻地覆，他卻坐得穩若泰山，連小指頭兒也不動一動，說甚麼也不肯輸了給靈智上人。

黃蓉叫道：「老頑童，我來啦！」周伯通耳中聽見，只怕輸了賭賽，卻不答應。黃蓉道：「你們倆這般對耗下去，再坐幾個時辰，也難分勝敗，那有甚麼勁兒？這樣罷，我同時在你們笑腰穴上呵癢，雙手輕重一模一樣，誰先笑出聲來，誰就輸了。」周伯通正坐得不耐煩，聽黃蓉這麼說，大合心意，只不敢示意贊成。

黃蓉更不打話，走到二人之間，蹲下身來，將打狗棒放在地下，伸直雙臂，兩手食指分別往兩人笑腰穴上點去。

她知周伯通內功遠勝和尚，是以並未使詐，雙手勁力果真不分輕重，但說也奇怪，周伯通固並未動彈，靈智上人竟也渾如不覺，毫不理會。黃蓉暗暗稱奇，心想：「這和尚的閉穴功夫當眞了得，倘若有人如此相呵，我早大笑不止了。」當下雙手加勁。

周伯通潛引內力，與黃蓉點來的指力相抗，那笑腰穴位於肋骨末端，肌肉柔軟，最難運勁，但若挺腰反擊，借力卸力，又怕動了身子，輸了賭賽，但覺黃蓉的指力愈來愈強，只得拚命忍耐，到後來實在支持不住了，肋下肌肉一縮一放，將黃蓉手指彈開，躍起身來，呵呵大笑，說道：「胖和尚，眞有你的，老頑童服了你啦！」

黃蓉見他認輸，好生後悔：「早知如此，我該作個手腳，在胖和尚身上多加些勁。」站直身子，向靈智上人道：「你旣贏了，姑奶奶也不要你性命啦，快走，快走！」靈智上人渾不理會，仍一動不動的坐著。黃蓉伸手往他肩頭推去，喝道：「誰來瞧你這副蠢相，作死麼？」她這麼輕輕一推，靈智上人胖大的身軀竟應手而倒，橫在地下，雙手互攏，仰面朝天，兩腿盤起，凌空盤膝，渾似一尊泥塑木彫的佛像。

這一來周伯通和靖蓉二人都吃了一驚。黃蓉心道：「難道他用勁閉穴，功夫不到，竟把自己閉死了？」伸手探他鼻息，好端端的卻在呼吸，一轉念間，不由得又好氣又好笑，向周伯通道：「老頑童，你上了人家的大當還不知道，眞是蠢才！」周伯通圓睜雙眼，氣鼓鼓的道：「甚麼？」黃蓉笑道：「你先解開他的穴道再說。」

周伯通一楞，俯身在靈智上人身上摸了幾下，拍了幾拍，發覺他周身八處大穴都已爲人閉住，跳起身來，大叫：「不算，不算！」黃蓉道：「甚麼不算？」周伯通道：「他同黨待他坐好後點了他穴道，這胖和尚自然絲毫不會動彈。咱們便再耗三天三夜，他也決不會輸。」轉頭向弓身躺在地下的靈智上人叫道：「來來來，咱們再比過。」

郭靖見周伯通精神奕奕，並未受傷，心中記掛師父，不再聽他胡說八道，逕自鑽進山洞中去看柯鎮惡。

周伯通彎腰爲靈智上人解開穴道，不住口的道：「來，再比，再比！」黃蓉冷冷的道：「我師父呢？你把他老人家丟到那裏去了？」周伯通一呆，叫聲：「啊也！」轉身就往山洞奔去。這一下去勢極猛，險些與從洞中出來的郭靖撞個滿懷。

郭靖把柯鎮惡從洞中扶出，見師父白布纏頭，身穿白衣，不禁呆了，問道：「師父，您家裏有喪事麼？二師父他們那裏去啦？」柯鎮惡抬頭向天，並未回答，兩行眼淚從面頰上簌簌流下。郭靖越發驚疑，不敢再問，忽見周伯通從山洞中又扶出一人，那人左手持葫蘆，右手拿白鷄，口裏咬著條鷄腿，滿臉笑容，不住點頭，正是九指神丐洪七公。靖蓉二人大喜，齊聲叫道：「師父！」

柯鎮惡臉上突現煞氣，舉起鐵杖，猛向黃蓉後腦擊落。這一杖出手又快又狠，竟是「伏魔杖法」中的毒招，是他當年在蒙古大漠中苦練而成，用以對付失了目力的梅超風，叫她雖聞杖上風聲，卻已趨避不及。黃蓉乍見洪七公，驚喜交集，全沒提防背後突然有人偷襲，待得驚覺，鐵杖上的疾風已將她全身罩住。

郭靖眼見這一杖要打得她頭破骨碎，情急之下，左手疾帶，將鐵杖撥在一邊，右手伸出，已抓住杖頭，只是他心慌意亂之際用力過猛，又沒想到自己此時功力大進，以前出掌使力十分，留力二十分，內力大增之後，出掌勁力三十分，體內餘力自然而然增至七十分，所謂「行有餘力」、「舉重若輕」，便是這個道理。他左掌這一帶使的是「降龍十八掌」中的手法，柯鎮惡只覺一股極大力量突然逼來，勢不可當，登時鐵杖撒手，站立不定，俯衝摔倒。

郭靖大驚，忙彎腰扶起，連叫：「大師父！」只見他鼻子青腫，撞落了兩顆門牙。柯鎮惡呸的一聲，把兩顆門牙和血吐在手掌之中，冷冷的道：「給你！」郭靖一呆，雙膝跪地，說道：「弟子該死，求師父重重責打。」柯鎮惡仍伸出了手掌，說道：「給你！」郭靖哭道：「大師父……」語音哽咽，不知如何是好。

周伯通笑道：「自來只見師父打徒弟，今日卻見徒弟打師父，好看啊好看！」柯鎮惡聽在耳裏，怒火愈盛，說道：「好啊，常言道：打落牙齒和血吞。我給你作甚？」伸手將兩顆牙齒抛入口中，仰頭一咽，吞進了肚子。周伯通拍手大笑，高聲叫好。

黃蓉見事出非常，柯鎮惡神情悲痛決絕，又不知他何以要殺死自己，心下驚疑，慢慢靠向洪七公身畔，拉住了他手。

郭靖磕頭道：「弟子萬死也不敢冒犯大師父，一時胡塗失手，只求大師父責打。」柯鎮惡道：「師父長、師父短，誰是你師父？你有桃花島主做岳父，還要師父作甚？江南七怪這點微末道行，哪配做你郭大爺的師父？」郭靖聽他說得厲害，只有磕頭。

洪七公在旁瞧得忍不住，鬆嘴放開鷄腿，右手疾忙伸過抓住，說道：「柯大俠，師徒過招，一個失手也稀鬆平常。適才靖兒帶你這一招是我所授，算老叫化的不是，這廂跟你賠禮了。」說著作了一揖。周伯通聽洪七公如此說，心想我何不也來說上幾句，說道：「柯大俠，師徒過招，一個失手也稀鬆平常，適才郭靖兄弟抓你鐵杖這下的內力是我所授，算老頑童的不是，這廂跟你賠禮了。」說著也是一揖。

他如此依樣葫蘆的說話原意是湊個熱鬧，但柯鎭惡正當狂怒不可抑制，聽來卻似有意譏刺，連洪七公一片好心也當作了歹意，大聲說道：「你們東邪西毒，南帝北丐，自恃武藝蓋世，就可橫行天下了？哼，我瞧多行不義，必將自斃。」

周伯通奇道：「咦，南帝又犯著你甚麼了，連他也罵在裏頭？」

黃蓉在一旁聽著，知道愈說下去局面愈僵，有這老頑童在這裏糾纏不清，終難平伏柯鎭惡怒火，接口道：「老頑童，『鴛鴦織就欲雙飛』找你來啦，你還不快去見她？」

周伯通大驚，高躍三尺，叫道：「甚麼？」黃蓉道：「她要和你『曉寒深處，相對浴紅衣』。」周伯通更驚，大叫：「在那裏？在那裏？」黃蓉手指向南，說道：「就在那邊，快找她去。」周伯通道：「我永不見她。好姑娘，以後你叫我做甚麼我就做甚麼，可千萬別跟她說曾見到過我……」話未說完，已拔足向北奔去。黃蓉叫道：「你說了話可要作數。」周伯通遠遠的道：「老頑童一言既出，八馬難追！」「難追」兩字一出口，早一溜煙般奔得人影不見。黃蓉本意是要騙他去找瑛姑，豈知他對瑛姑畏若蛇蝎，避之惟恐不及，倒大出意料之外，但不管怎樣，總是將他騙開了。

這時郭靖仍跪在柯鎮惡面前，垂淚道：「七位師父為了弟子，遠赴絕漠，弟子縱粉身碎骨，也難報七位師父的大恩。這隻手掌得罪了大師父，弟子也不能要啦！」從腰間拔出金刀，就往左腕上砍去。

柯鎮惡鐵杖橫擺，擋開了這一刀，雖刀輕杖重，但兩件兵刃相交，火花迸發，柯鎮惡虎口隱隱發麻，知道郭靖這一刀出了全力，確是眞心，說道：「好，既然如此，那就須得依我一件事。」郭靖大喜，道：「大師父但有所命，弟子豈敢不遵？」

柯鎮惡道：「你如不依，以後休得再見我面，咱們師徒之義，就此一刀兩斷。」

郭靖道：「弟子盡力而為，若不告成，死而後已。」

柯鎮惡鐵杖在地上重重一頓，喝道：「去割了黃老邪和他女兒的頭來見我。」

郭靖這一驚非同小可，顫聲道：「大……師……師父……」柯鎮惡道：「怎麼？」

郭靖道：「不知黃島主怎生得罪了你老人家？」

柯鎮惡嘆道：「咳，咳！」咬牙切齒的道：「我眞盼老天爺賜我片刻光明，讓我見見你這忘恩負義小畜生的面目！」舉起鐵杖，當頭往郭靖頭頂擊落。

黃蓉當他要郭靖依一件事時，便已隱約猜到，突見他舉杖猛擊，郭靖卻不閃讓，竹棒從旁遞出，一招「惡狗攔路」，攔在鐵杖與郭靖頭頂之間，待鐵杖擊到，竹棒側抖旁纏，向外斜甩。這「打狗棒法」精妙無比，她雖力弱，但順勢借力，將鐵杖掠開。

柯鎭惡一個踉蹌，不等站穩，便伸手在自己胸口猛搥兩拳，向北疾馳而去。郭靖發足追上，叫道：「大師父慢走。」柯鎭惡停步回頭，厲聲喝道：「郭大爺要留下我的老命麼？」臉色猙獰。郭靖一呆，不敢攔阻，低垂了頭，耳聽得鐵杖點地之聲愈來愈遠，終於完全消失，想起師父的恩義，不禁伏地大哭。

洪七公攜著黃蓉的手，走到他身邊，說道：「柯大俠與黃老邪的性子都古怪得緊，兩人總是結了甚麼極深的樑子。說不得，只好著落在老叫化身上給他們排解。」

郭靖收淚起身，說道：「師父，你可知……可知爲了甚麼？」

洪七公道：「餓了好半天，師父得先吃個飽，才好說其他。」三人於是回到客店，黃蓉到廚房中找些菜肴酒肉，安排三人吃了，洪七公才說別來情由。

洪七公緩緩說道：「老頑童受了騙，要跟人家賭賽身子不動。那些奸賊正要害我，你大師父在牛家村外撞到了，護著我躲進了這山洞之中，仗著他毒蔆暗器厲害，衆奸賊不敢強闖，才支撐了這些時候。唉，你大師父爲人是極仗義的，他陪著我在洞中拒敵，明明是決意饒上了自己一條性命。」說到這裏，喝了兩大口酒，把一隻鷄腿都塞入了口裏，三咬兩嚼，吞入肚中，伸袖一抹口邊油膩，說道：「適才打得猛惡，我又失了功夫，不能插手相助，跟你大師父見了面，還沒空跟他說甚麼呢。瞧他這般著惱，決非為了你失手摔他一交。他是俠義英雄，豈能如此胸襟狹小？好在沒幾天就到八月中秋，待煙雨樓比武之後，老叫化給你們說開罷。」郭靖哽咽著連聲稱謝。

洪七公笑道：「你兩個娃娃功夫大進了啊，柯大俠也算是武林中響噹噹的腳色，兩個娃娃一出手就叫他下不了台，那是怎麼一回子事？」

郭靖一時說不出話來。黃蓉咭咭咯咯的將別來諸般情由說了個大概。洪七公聽得楊康殺死了歐陽克，大聲叫好；聽丐幫長老受楊康欺騙，連罵：「小雜種！四個老胡塗！魯有腳有腳沒腦子！那彭長老下次見到我把他殺了！」待聽到一燈大師救治黃蓉、瑛姑子夜尋仇等事端，只呆呆出神；聽到瑛姑在青龍灘上忽然發瘋，不覺「噫」了一聲。黃蓉道：「師父，怎麼？你也識得瑛姑？」心想：「師父一生沒娶妻，難道也給瑛姑迷上了？哼，這瑛姑又有甚麼好？陰陽怪氣、瘋瘋顛顛的，卻迷倒了這許多武林高手？她年輕之時，容貌美麗，嬌滴滴的，但沒我聰明，不知會不會燒得一手好菜？比我如何？」

幸好聽洪七公接下去道：「沒甚麼。我不識瑛姑，但段皇爺落髮出家之時，我就在他身旁。那日他送信到北邊來，邀我南下。我知他若無要事，決不致驚動老叫化，又想起雲南火腿、過橋米線和餌塊的美味，當即動身。會面之後，我瞧他神情頹傷，與華山論劍時那生龍活虎的模樣已大不相同，好生奇怪。我到達後數日，他就藉口切磋武功，要將先天功和一陽指傳給我。老叫化心想：他當日以一陽指和我的降龍十八掌、老毒物的蛤蟆功、黃老邪的劈空掌與彈指神通打成平手，如今又得王重陽傳授了先天功，二次華山論劍，武功天下第一的名號非他莫屬，爲甚麼竟要將這兩門絕技平白無端的傳給老叫化？如說切磋武功，爲甚麼又不肯學我的降龍十八掌？其中必有蹊蹺。後來老叫化細細琢磨，又背著他與他的四大弟子商量，終於瞧出了端倪，原來他把這兩門功夫傳了給我之後，就要自戕而死。至於他爲甚麼如此傷心，他的弟子卻不知情。」

黃蓉道：「師父，段皇爺怕他一死之後，沒人再制得住歐陽鋒。」

洪七公道：「是啊，我瞧出了這一節，說甚麼也不肯學他的。他終於吐露眞情，說他的四個弟子雖忠誠勤勉，可是分心於國事政務，未能專精學武，又資質悟心不佳，難成大器。全眞七子的武功似也不能臻登峯造極之境。一陽指我不肯學，那也罷了，先天功倘若失傳，他卻無面目見重陽眞人於地下。我想此事他已深思熟慮，勸也無用，只堅執不學，方能留得他的性命。段皇爺無法可施，只得退一步退位爲僧。他落髮那日，我就在他旁邊。說起來也是十多年前的事了。唉，這場仇冤如此化解，那也很好。」

黃蓉道：「師父，我們的事說完了，現下要聽你說啦。」

洪七公道：「我的事麼？嗯，在御廚裏我連吃了四次鴛鴦五珍膾，算是過足了癮，又吃了荔枝白腰子、鵪子羹、羊舌簽、薑醋香螺、牡蠣釀羊肚……」不住口將御廚中的名菜報將下去，說時不住價大吞饞涎，回味無窮。黃蓉插嘴道：「怎麼後來老頑童找你不到啦？」

洪七公笑道：「御廚衆廚師見煮得好好的菜肴接二連三不見，都說又鬧狐狸大仙啦，大家插香點燭的來拜我。後來給侍衛頭兒知道了，派了八名侍衛到御廚來捉狐狸。老叫化心想這可乖乖不得了，老頑童又人影不見，只得溜到個僻靜處所躲了起來。那地方叫甚麼『萼綠華堂』，種滿了梅樹，瞧來是皇帝小子冬天賞梅花的地方，這大熱天，除了每天早晨有幾名老太監來掃掃地，平時鬼影兒也沒一個，落得老叫化獨個兒逍遙自在。皇宮中到處都是吃的，就是多一百個老叫化也餓不了，正好安安靜靜的養傷。每天好吃好住，比做皇帝還更清閒。也不知過了多少時日，這一晚半夜裏，忽聽得老頑童裝鬼哭，又裝狗叫貓叫，在宮中吵得天翻地覆，又聽得幾個人大叫：『洪七公洪老爺子，洪七公洪老爺子！』我出去一張，原來是彭連虎、沙通天、梁子翁這一夥鬼傢伙。」

黃蓉奇道：「咦，他們找你幹麼？」洪七公道：「我也奇怪得很啊。我一見到他們，立刻縮身，卻給老頑童瞧見了。他十分歡喜，奔上來抱住我，說道：『謝天謝地，總算讓老頑童找著啦。』他當即命梁子翁他們殿後……」

黃蓉奇道：「梁子翁他們怎能聽老頑童的指派？」洪七公笑道：「當時我也是丈二

金剛摸不著頭腦。總之這夥奸賊見了老頑童害怕得緊，他說甚麼，大家不敢違拗。他命梁子翁他們殿後，自己負了我到牛家村去，要來尋你們兩個。在路上他才對我說起，他到處尋我不著，心中著急，卻在城中撞到了梁子翁他們，情急無奈之際，便抓著那些人個個飽打一頓，叫他們白天夜晚不斷在大街小巷中尋找。他說他們在皇宮中已搜尋了幾遍，只地方太大，我又躲得隱秘，始終找我不著。」

黃蓉笑道：「瞧不出老頑童倒有這手，將眾魔頭制得服服貼貼，不知他們怎麼又不逃走？」洪七公笑道：「老頑童自有他的頑皮法兒。他在身上推下許多污垢來，搓成了十幾顆藥丸，逼他們每人服上三顆，說道這是七七四十九天後發作的毒藥，劇毒無比，除他之外，天下無人解得。他們若能聽話，到第四十八天上就給解藥。這些惡賊雖將信將疑，但性命可不是鬧著玩的，終於寧可信其有，不可信其無，只得乖乖的聽老頑童呼來喝去，不敢違抗。」郭靖本來心裏難過，聽洪七公說到這裏，忍不住笑了出來。

洪七公又道：「到牛家村後，找你們兩個不見，老頑童逼他們四出尋找。昨兒晚上，個個又垂頭喪氣的回來，老頑童臭罵了他們一頓。他罵得興起，忽然說道：『倘若明天仍找不到郭靖與黃蓉那兩個娃娃，老子再撒泡尿搓泥丸給你們吃！』這句話引起了他們疑心，不住用話套問。老頑童越說越露馬腳，他們才知上了當，所服藥丸壓根兒不是毒藥。我知情勢危險，這批奸賊留著終究後患不小，叫老頑童盡數殺了算啦。那知彭連虎也瞧出情形不妙，便使詭計，要那青海胖和尚跟老頑童比試打坐功夫。我攔阻不住，只得逃出牛家村，在村外遇到柯大俠，他護著我逃到這裏，彭連虎他們一路追了下來。老頑童雖胡塗，也知離了我不妥，忙趕到這裏。那些奸賊不住用言語相激，老頑童終於忍不得，跟那和尚比賽起來了。」

黃蓉聽了這番話，又好氣又好笑，說道：「若不是撞得巧，師父你的性命要送在老頑童手裏啦。」洪七公道：「我的性命本就是撿來的，送在誰手裏都一樣。」

黃蓉忽然想起一事，道：「師父，那日咱們從明霞島回來……」洪七公道：「不是明霞島，是壓鬼島。」黃蓉微微一笑，道：「好罷，壓鬼島就壓鬼島，那歐陽克這會兒是半點不假的成了鬼啦。那日咱們在木筏上救了歐陽鋒叔姪，曾聽老毒物說道，天下只一人能治得你的傷，可是此人武功蓋世，用強固然不行，你又不願損人利己，求他相救。當時你不肯說出此人姓名，現下我和靖哥哥湘西一行，自然知道此人除了當年的段皇爺、今日的一燈大師，再無別個。」

洪七公嘆道：「他若以先天功一陽指功夫打通我的奇經八脈，原可治我之傷，只是這一出手，他須得大傷元氣，多則五年，少則三年，難以恢復。就算他把世情看得淡了，不在乎二次華山論劍的勝負，但他已是五六十歲的人了，還能有幾年壽數？老叫化又怎能出口相求？」

郭靖喜道：「師父，原來不須旁人相助，奇經八脈自己也能通的。」洪七公奇道：「甚麼？」黃蓉道：「靖哥哥背熟了的那篇嘰哩咕嚕、咕嚕嘰哩，一燈大師譯出來教給了我們。他吩咐我們跟你老人家說，可以用這功夫打通自己的奇經八脈。」當下將一燈的譯文唸了個大概，又說了些一燈解說的眞經祕奧。洪七公傾聽之後，思索良久，大喜躍起，連叫：「妙，妙！這法兒準成，但至少也得一年半載才見功效。」

黃蓉道：「煙雨樓比武，對方定會邀歐陽鋒前來壓陣。老頑童的功夫雖不輸於他，但此人瘋瘋顚顚，臨場時難保不出亂子，須得到桃花島去請我爹爹來助戰，才有必勝把握。」洪七公道：「這話不錯。我先赴嘉興，你們兩個同到桃花島去罷。」

郭靖不放心，定要先護送洪七公去嘉興。洪七公道：「我騎你小紅馬去，要是路上有甚危難，老叫化拍馬便走，任誰也追趕不上。」

次日天明，洪七公吃了一大碗麵，骨都都喝了一大碗酒，上了馬，雙腿一夾。小紅馬向靖蓉二人長嘶一聲，似是道別，向北風馳而去。

郭靖望著洪七公影蹤不見，又想起柯鎭惡欲殺黃蓉之事，疑竇滿腹，悶悶不樂。黃蓉也不相勸，自去僱了船，揚帆直赴桃花島來。

到得島上，打發船夫走後，黃蓉道：「靖哥哥，我求你一件事，你答不答允？」郭靖道：「你先說出來聽聽，別又是我做不到的。」黃蓉笑道：「我可不是要你去割你六位師父的頭。」郭靖不悅道：「蓉兒，你還提這個幹麼？」黃蓉道：「我爲甚麼不提？這事你忘得了，我可忘不了。我雖跟你好，卻也不願給你割下腦袋來。」

郭靖嘆道：「我眞不明白大師父幹麼生這麼大的氣。他知道你是我最心愛之人，我寧可自己死一千次一萬次，寧可把腦袋讓你割十七八次，也決不肯傷害你半點。」

黃蓉聽他說得眞誠，心裏感動，拉住他手，輕輕靠在他身上，指著水邊的一排柳樹，輕聲問道：「靖哥哥，你說這桃花島美麼？」郭靖道：「眞像是神仙住的地方。」黃蓉嘆道：「我只想在這兒活下去，不願給你殺了。」郭靖撫著她的頭髮道：「好蓉兒，我怎會殺你？」黃蓉道：「要是你六位師父、你的媽媽、你的好朋友們都逼你來殺我，你動不動手？」郭靖昂然道：「就是普天下的人要一齊跟你爲難，我也始終護著你。」

黃蓉把他的手握得更緊了，問道：「你爲了我，肯把這一切人都捨下麼？」郭靖遲疑不答。黃蓉微微仰頭，望著他的雙眼，臉上神色焦慮，等他回答。

郭靖道：「蓉兒，我說過要在這桃花島上陪你一輩子，我說的時候，便已打定了主意，可不是一時興起，隨口說的。」黃蓉道：「好！那麼從今天起，你就不離開這島啦。」郭靖奇道：「打從今天起？」黃蓉道：「嗯，打從今天起！我會求爹爹去煙雨樓助戰，我和爹爹去殺了完顏洪烈給你報仇，我和爹爹到蒙古去接你媽媽。甚至，我求爹爹去向你六位師父賠不是。我要叫你心裏再沒一件放不下的事。」

郭靖見她神色奇特，說道：「蓉兒，我跟你說過的話，決沒說了不作數的，你放心好啦，那又何必這樣。」黃蓉嘆道：「天下的事難說得很。當初你答允那蒙古公主的婚事，何嘗想到日後會要反悔？從前我只知道自己愛怎麼就怎麼，現今才知道……唉！你想得好好的，老天偏偏儘跟你鬧彆扭。」說到這裏不禁眼圈兒紅了，垂下頭去。

郭靖不語，心中思潮起伏，見黃蓉對自己如此情深愛重，原該在這島上陪她一輩子才是，但就此把世事盡數抛開，把世上旁的人盡數捨了，自己卻又萬萬做不到，但爲甚麼做不到，一時卻又想不明白。

黃蓉輕輕的道：「我不是不信你，也不是定要強你留在這兒，只是，只是……我心裏害怕得緊。」說到這裏，忽然伏在他肩頭啜泣了起來，身子輕輕顫抖。

這一下大出郭靖意料之外，呆了一呆，忙問：「蓉兒，你心裏怕甚麼？」黃蓉不語，只低頭哭泣。郭靖與她相識以來，一起經歷過不少艱險困苦，始終見她言笑自若，這時她回到故居，立時就可與爹爹見面，怎麼反害怕起來？問道：「你怕你爹爹有甚不測麼？」黃蓉搖頭。郭靖再問：「你怕我離開此島後，永遠不再回來？」黃蓉又搖頭。郭靖連問四五句，她總是搖頭。

過了好一陣，黃蓉抬起頭來，說道：「靖哥哥，到底害怕甚麼，我也說不上來。只是我想到你大師父要殺我的神情，便忍不住心中慌亂，總覺得有一天，你會聽他話而殺了我的。因此我求你別再離開這裏。你答允我罷！」

郭靖笑道：「我還道甚麼大事，原來只爲了這個。那日在北京，我六位師父不也罵你小妖女甚麼的？後來我跟著你走了，到後來也沒怎樣。我六位師父好似嚴厲兇狠，心中卻再也慈祥不過。你跟他們熟絡了，他們定會喜歡你的。二師父摸人家口袋的本事神妙無比，你跟他學學，一定有趣得緊。七師父更加溫柔和氣……」

黃蓉截斷他的話，問道：「這麼說，你定是要離開這兒的了？」郭靖道：「咱倆一起離開，一起到蒙古去接我母親，一起去殺完顏洪烈，再一起回來，豈不很好？」黃蓉怔怔的道：「如果是這樣，咱倆永遠不會一起回來，永遠不會廝守一輩子。」郭靖奇道：「爲甚麼？」黃蓉搖頭道：「我不知道。但我見了你大師父的模樣，我猜想得到的。他單是殺了我也還不夠，他已把我恨到了骨頭裏去。」

郭靖見她說這話時似乎心也碎了，臉上雖然還帶著那股小女孩兒的稚氣，但眉梢眼角間的神情，似乎已親見了來日的不測大禍，心想她料事向來不錯，這次我如不聽她的話，日後倘若有甚災難降臨到她身上，那便如何是好？言念及此，心中一酸，再也顧不得旁的，一句話衝口而出：「好！我不離開這裏就是！」

黃蓉向他呆望半晌，兩道淚水從面頰上緩緩的流了下來。

室內桌傾櫈翻，書籍筆硯散得滿地，壁上懸著的幾張條幅也給扯爛了半截。郭靖一動不動的站在房中，雙眼發直，神情木然。

# 第三十四回　島上巨變

郭靖低聲問道：「蓉兒，你還要甚麼？」

黃蓉道：「我還要甚麼？甚麼也不要啦！」秀眉微揚，叫道：「要是再要甚麼，老天爺也不容我。」長袖輕舉，就在花樹底下翩翩起舞。但見她轉頭時金環耀日，起臂處白衣凌風，到後來越舞越急，揮動衣袖，拂向身邊花樹，樹上花瓣亂落，紅花、白花、黃花、紫花，如一隻隻蝴蝶般繞著她身子轉動。她舞了一會，忽地縱起，躍到一株樹上，隨即跳到另一株樹上，舞蹈中夾雜著「逍遙遊」與「桃華落英掌」的身法，想見喜悅已極。

郭靖心想：「媽媽從前給我講故事，說東海裏有座仙山，山上有許多仙女。難道世上還能有甚麼仙山比桃花島更好看，有甚麼仙女比蓉兒還美？」

黃蓉飛舞正急，忽然「咦」的一聲低呼，躍下樹來，向郭靖招招手，拔步向林中奔去。郭靖怕迷失道路，在後緊緊跟隨，不敢落後半步。黃蓉曲曲折折的奔了一陣，突然停步，指著前面地下黃鼓鼓的一堆東西，問道：「那是甚麼？」

郭靖搶上幾步，見一匹黃馬倒在地下，忙奔近察看，認得是三師父韓寶駒的坐騎追風黃，伸手在馬腹上一摸，著手冰涼，已死去多時。這馬當年隨韓寶駒遠赴大漠，郭靖自小與牠相熟，便似是老朋友一般，忽見死在這裏，甚是難過，尋思：「此馬口齒雖長，但神駿非凡，這些年來馳驅南北，腳步輕健，一如往昔，絲毫不見老態，怎麼竟會倒斃在此？三師父定要十分傷心了。」

再定神看時，見那黃馬並非橫臥而死，而是四腿彎曲，癱成一團。郭靖一凜，想起那日黃藥師一掌擊斃華箏公主的坐騎，那馬死時也是這般姿態，忙運力左臂，擱在馬項頸底下抬起，伸右手去摸死馬的兩條前腿，果覺腿骨均已斷裂，鬆手再摸馬背，背上的脊骨也已折斷了。他愈來愈驚疑，忙翻轉馬身細細審視，見那馬全身並無傷口，不禁坐倒在地，心道：「這馬是誰打死的？三師父又到那裏去了？」瞧這馬的死法，在這桃花島上能下手如此狠厲的自只黃藥師一人。

黃蓉在旁瞧著郭靖看馬，一言不發，這時才低聲道：「你別急，咱們細細的查個水落石出。」一拂開花樹，看著地下，慢慢向前走去。郭靖見地下濕泥中留有足跡，再也顧不得迷路不迷路，側身搶在黃蓉前面，順著足跡急奔。

足跡時隱時現，道路變幻，好幾次郭靖找錯了路，都是黃蓉細心，重行在草叢中岩石旁找到，有時足跡消失，她又在路旁樹身上尋到了兵器撞出的痕跡。追出數里，前面一片矮矮的花樹，樹叢中露出一座墳墓。黃蓉急奔而前，撲在墓旁。

郭靖初次來桃花島時見過此墓，知是黃蓉亡母埋骨的所在，見墓碑已倒在地下，當即扶起，果見碑上刻著「桃花島女主馮氏埋香之塚」一行字。

黃蓉見墓門洞開，隱約料知島上已生巨變。她不即進墳，在墳墓周圍察看，見墓左青草給踏壞了一片，墓門進口處有兵器撞擊的痕跡。她在墓門口傾聽半晌，沒聽到裏面有甚響動，這才彎腰入門。郭靖恐她有失，亦步亦趨的跟隨。

墓道中石壁到處碎裂，顯見經過一番惡鬥，兩人更驚疑不定。走出數丈，黃蓉俯身拾起一物。墓道中雖然昏暗，仍隱約可辨正是全金發的半截秤桿。這秤桿乃鑌鐵鑄成，粗若兒臂，卻爲人硬生生折成了兩截。黃蓉與郭靖對望一眼，誰也不敢開口，心知能空手折斷這鐵秤的，舉世只寥寥數人而已，在這桃花島上，自然除黃藥師外更無旁人。黃蓉拿著斷秤，雙手不住發抖。

郭靖從黃蓉手裏接過鐵秤，插在腰帶裏，彎腰找尋另半截，心中只如十五隻吊桶打水，七上八落，又盼找到，又盼找不著。再走幾步，前面愈益昏暗，他雙手在地下摸索，口鼻中已忍不住發出嗚咽之聲，突然碰到一個圓鼓鼓的硬物，正是秤桿上的秤錘，全金發臨敵之時用以飛鎚打人的。

郭靖放在懷裏，繼續摸索，手上忽覺冰涼，又軟又膩，似乎摸到一張人臉。他大驚躍起，蓬的一聲，頭頂結結實實的撞上了墓道石頂，卻也不知疼痛，忙取出火摺晃亮，只叫得一聲苦，腦中猶似天旋地轉，登時暈倒在地。

火摺拿在他手中，兀自燃著，黃蓉在火光下見全金發睜著雙眼，死在地下，胸口插著另外半截秤桿。

到此地步，眞相終須大白，黃蓉定一定神，鼓起勇氣從郭靖手裏接過火摺，在他鼻子下薰炙。煙氣上冒，郭靖打了兩個噴嚏，悠悠醒來，呆呆的向黃蓉望了一眼，站起身來逕行入內。

兩人走進墓室，只見室中一片凌亂，供桌打缺了一角，墓室左角橫臥一人，頭戴方巾，鞋子跌落，瞧背影正是朱聰。

郭靖默默走近，扳過朱聰身子，火光下見他嘴角仍留微笑，身上卻早已冰涼。當此情此境，這微笑顯得分外詭異，分外淒涼。郭靖低聲道：「二師父，弟子郭靖來啦！」輕輕扶起他身子，只聽得玎玎琤琤一陣輕響，他懷中落下無數珠寶，散了一地。

黃蓉拾起些珠寶來看了一眼，隨即抛落，長嘆一聲，說道：「是我爹爹供在這裏陪我媽媽的。」郭靖瞪視著她，眼中如要噴出血來，低沉著聲音道：「你說……說我二師父來偷珠寶？你竟敢說我二師父……」

在這目光的逼視下，黃蓉毫不退縮，也怔怔的凝望著他，眼神中充滿了絕望與愁苦。

郭靖又道：「我二師父是鐵錚錚的漢子，怎會偷你爹爹的珠寶？更不會……更不會來盜你媽媽墓中的物事。」但眼看著黃蓉的神色，他語氣漸漸從憤怒轉爲悲恨，眼前事物俱在，珠寶確是從朱聰懷中落下，又想二師父號稱「妙手書生」，別人囊中任何物品，都能毫不費力的手到拿來。難道他當眞會來偷盜這墓中的珠寶麼？不，不，二師父爲人光明磊落，素來不貪財寶，除了對付敵人之外，也不擅取旁人物事，決不能作此等卑鄙勾當，其中定然另有別情。他又悲又怒，腦門發脹，眼前一陣黑一陣亮，雙掌只揑得格格直響。

黃蓉輕聲道：「我那日見了你大師父的神色，已覺到你我終究難有善果。你要殺我，就下手罷。我媽媽就在這裏，你把我葬在她身邊。葬我之後，你快快離島，莫讓我爹爹撞見了。」郭靖不答，只大踏步走來走去，呼呼喘氣。

她拉開供桌後的帷幕，露出亡母的玉棺，走到棺旁，不禁「啊」的一聲，只見韓寶駒與韓小瑩兄妹雙雙死在玉棺之後。韓寶駒半身伏在棺上，腦門正中淸淸楚楚的有五個指孔。韓小瑩是橫劍自刎，右手還抓著劍柄，當是她自知不敵，不願像韓寶駒那樣慘死敵手。只見韓小瑩左手撫在玉棺的棺蓋上，五根手指上都蘸滿了血，也不知是韓寶駒傷處的還是她自刎後流出來的血，在白玉棺蓋寫了個小小的「十」字，似乎一個字沒寫完就此死了。

黃蓉之母的玉棺乃以楠木所製，棺蓋朝天的一面鑲以一塊大白玉。韓小瑩左手五根手指蘸血劃出五條血痕，再加一個小小「十」字，晶瑩白玉襯出凝結的鮮血，又是艷麗，又是恐怖。郭靖嘶聲叫號：「七師父，你要寫『黃藥師』，弟子知道了，說甚麼也要給你報仇。」

郭靖走過去抱起韓寶駒的屍身，自言自語：「我親眼見到梅超風已死，天下會使這九陰白骨爪的，除了你爹爹還會有誰？」把韓寶駒的屍身輕輕放在地下，又把韓小瑩的屍身扶得端正，邁步向外走去，經過黃蓉時眼光茫然，竟似沒見到她。

黃蓉心中一陣冰涼，呆立半晌，突然眼前一黑，火摺子竟已點完，這墓室雖是她來慣之地，但現下墓內多了四個死人，黑暗之中不由得又驚又怕，急忙奔出墓道，腳下一絆，險些摔了一交，奔出墓門後才想起是絆到了全金發的屍身。

眼見墓碑歪在一旁，伸手放正，待要扳動機括關上墓門，心念忽動：「我爹爹殺了江南四怪之後，怎能不關上墓門？他對媽媽情深愛重，即令當時匆忙萬分，也決計不肯任由墓門大開。」想到此處，疑惑不定，隨即又想：「爹爹怎能容三個男人的屍身留在墓內跟媽媽為伴？此事萬萬不可。莫非爹爹也身遭不測了？」當下將墓碑向右推三下，又向左推三下，關上了墓門，急步往居室奔去。

郭靖雖比她先出，但只走了數十步，就左轉右圈的迷失了方向，眼見黃蓉過來，當即跟在她身後。兩人一言不發的穿過竹林，跨越荷塘，到了黃藥師所居的精舍之前，那精舍已給打得東倒西歪，遍地都是斷梁折柱。

黃蓉大叫：「爹爹，爹爹！」奔進屋中，室內也是桌傾櫈翻，書籍筆硯散得滿地，壁上懸著的幾張條幅也給扯爛了半截，卻那裏有黃藥師的人影？

黃蓉雙手扶著翻轉在地的書桌，搖搖欲倒，過了半晌，方才定神，心想：「這不對，不可能這樣……」急步到衆啞僕所居房中去找了一遍，竟一人不見。廚房灶中煙消灰冷，板桌上放著不少空碗，有的還盛著殘羹冷菜，似是人們吃過後賸下來的，沒洗過的箸匙到處都是。衆人就算不死，也已離去多時，看來這島上除了她與郭靖之外，更無旁人。

她慢慢回到精舍，只見郭靖仍直挺挺的站在房中，雙眼發直，神情木然。黃蓉顫聲道：「靖哥哥，你快哭罷，你先哭一場再說！」她知郭靖與他六位師父情若父子，此時心中傷痛已到極處，他內功已練至上乘境界，突然間大悲大痛而不加發洩，定致重傷。那知郭靖宛似不聞不覺，只呆呆的瞪視著她。黃蓉欲待再勸，自己卻也已經受不起，只叫得一聲「靖哥哥」，腿軟欲倒，說話再也接不下去了。

黃蓉要想多找些眞相的線索，拉開書桌的抽屜，逐一看去，在右上角的抽屜之中，見攤著一張白紙，寫滿了字。郭靖夾手搶過，展開看時，見紙上寫道：

「江南下走柯鎭惡、朱聰、韓寶駒、南希仁、全金發、韓小瑩拜上桃花島黃島主前輩尊前：頃聞傳言，全眞六子誤信人言，行將有事於桃花島。晚生等心知實有疑誤，唯恨人微言輕，不足爲兩家解憾言和耳。前輩當世高人，唯可與王重陽王眞人爭先決勝，豈能紆尊自降，與後輩較一日之短長耶。昔藺相如讓路以避廉頗，千古傳爲盛事。蓋豪傑之士，胸襟如海，鷄蟲之爭，非不能爲，自不屑爲也。行見他日全眞弟子負荊於桃花島階下，天下英雄皆慕前輩高義，豈不美哉？」

郭靖眼見二師父的筆跡，捧著紙箋的雙手不住顫抖，心下沉吟：「全眞七子與黃藥師在牛家村相鬥，歐陽鋒暗使毒計，打死了長眞子譚處端。當時歐陽鋒一番言語，嫁禍於黃藥師，黃老邪目中無人，不屑分辯，全眞教自然恨他入骨。想是我六位師父得知全眞教要來大舉尋仇，生怕兩敗俱傷，是以寫這信勸黃藥師暫且避開，將來再設法言明眞相。六位師父實是一番美意，黃藥師這老賊怎能出手加害？」

轉念又想：「六位師父既已送來此信，又到桃花島來幹甚麼？想是得知全眞六子動身來島，黃藥師未必肯避，難免釀成大禍，爲了好心解紛，匆匆趕來，要想攔阻雙方爭門。」隨即又想：「黃老邪啊黃老邪，你必道我六位師父是全眞敎邀來的幫手，便不分青紅皀白的痛下毒手。」

黃蓉接過紙箋來仔細看了，心道：「他六位師父到桃花島來，原是一番好意。只恨這妙手書生爲德不卒，生平做慣了賊，見到我媽這許多奇珍異寶，不禁動心，終於犯了我爹爹的大忌……」怔怔的將紙箋放入抽屜。

兩人呆了半晌，郭靖喃喃的道：「我不殺蓉兒，不殺蓉兒！」黃蓉心中又是一酸，說道：「你師父死了，你痛哭一場罷。」郭靖自言自語：「我不哭，我不哭。」

這兩句話說罷，兩人又沉寂無聲。遠處海濤之聲隱隱傳來，刹時之間，黃蓉心中轉過了千百種念頭，從兒時直到十五歲之間在這島上的種種經歷，突然淸淸楚楚的在腦海中一晃而過，但隨即又一晃而回。只聽得郭靖又自言自語：「我要先葬了師父。是嗎？是要先葬了師父嗎？」黃蓉道：「對，先葬了師父。」

她當先領路，回到母親墓前。郭靖一言不發的跟著。黃蓉伸手待要推開墓碑，郭靖突然搶上，飛起右腿，掃向碑腰。那墓碑是極堅硬的花崗石所製，郭靖這一腿雖使了十成力，也只把墓碑踢得微微歪斜，右足外側卻已碰得鮮血直流，他竟似未感疼痛，雙掌在碑上一陣猛拍猛推，從腰間拔出全金發的半截秤桿，撲上去在墓碑上亂打。石碑上火星四濺，石屑紛飛，突然啪的一聲，半截秤桿又再折斷，郭靖雙掌奮力齊推，石碑斷成兩截，露出碑中的一根鐵桿來。他抓住鐵桿使力搖晃，鐵桿尚未拗斷，呀的一聲，墓門卻已開了。郭靖一呆，叫道：「除了黃藥師，誰能知道這機關？誰能把我恩師騙入這鬼墓之中？不是他是誰？是誰？」仰天大喊一聲，鑽入墓中。

斷碑上裂痕斑斑，鋪滿了鮮血淋漓的掌印。黃蓉見他對自己母親的墳墓怨憤如此之深，心意已決：「他若毀我媽媽玉棺出氣，我先一頭撞死在棺上。」正要走進墓去，郭靖已抱了全金發的屍身走出。

他放下屍身，又進去逐一將朱聰、韓寶駒、韓小瑩的屍身恭恭敬敬的抱了出來。黃蓉偷眼望去，見他一臉虔誠愛慕的神色，登時心中冰涼：「他愛他眾位師父，遠勝於愛我。我要去找爹爹，我要去找爹爹！」

郭靖將四具屍身抱入樹林，離墳墓數百步之遙，這才俯身挖坑。他先用韓小瑩的長劍掘了一陣，到後來愈掘愈快，長劍啪的一聲，齊柄而斷，猛然間胸中一股熱氣上湧，一張口，吐出兩大口鮮血，俯身雙手使勁抓土，一把把的抓了擲出，勢如發瘋。

黃蓉到種花啞僕的屋中去取了兩把鏟子，一把擲給了他，自己拿了一把幫著掘坑。郭靖一語不發的從她手中搶過鏟子，一拗折斷，拋在地下，拿另一把鏟子自行挖掘。

到此地步，黃蓉也不哭泣，只坐在地下觀看。郭靖全身使勁，只一頓飯工夫，已掘了大小兩坑。他把韓小瑩的屍體放入小坑，跪下磕了幾個頭，呆呆的望著韓小瑩的臉，瞧了半晌，這才捧土掩上，又去搬朱聰的屍身。

他正要將屍體放入大坑，心念一動：「黃藥師的骯髒珠寶，豈能陪我二師父入土？」左手抱著屍身，右手伸到他懷內，將珠玉珍飾一件件的取出，看也不看，順手拋在地下。黃蓉見郭靖又放下朱聰的屍身，扳開他左手緊握著的拳頭，取出一物，托在手中。黃蓉凝目看去，見是一隻翠玉琢成的女鞋，長約寸許，晶瑩碧綠，雖是件玩物，但雕得與眞鞋一般無異，精致玲瓏，確爲珍品，但在母親墓中從未見過，不知朱聰從何處得來。

郭靖翻來翻去察看，見鞋底刻著一個「招」字，鞋內底下刻著一個「比」字，此外再無異處。他恨極了這些珍寶，噗的一聲，出力拋在地下。

他呆立一陣，緩緩將朱聰、韓寶駒、全金發三人的屍身搬入坑中，要待掩土，瞧著三位師父的臉，終是不忍，叫道：「二師父、三師父、六師父，你們……你們死了！」聲音柔和，仍帶著往昔和師父們說話時的尊敬語氣。過了半晌，他斜眼見到坑邊那堆珍寶，怒從心起，雙手捧了，拔足往墳墓奔去。

黃蓉怕他入墓侵犯母親玉棺，忙急步趕上，張開雙臂，攔在墓門之前，凜然道：「你待怎地？」郭靖不答，左臂輕輕推開她身子，右手使力往裏摔出，只聽得珠寶落地，琮琤之聲好一陣不絕。黃蓉見那翠玉小鞋落在腳邊，俯身拾起，說道：「這不是我媽的。」說著將玉鞋遞了過去。郭靖木然瞪視，也不理睬。黃蓉便順手放在懷裏，見郭靖轉身又到坑邊，鏟了土將三人的屍體掩埋了。

忙了半日，天漸昏暗，黃蓉見他仍然不哭，越來越擔憂，心想讓他獨自一人，或許能哭出聲來，回到屋中找些醃魚火腿，胡亂做了些飯菜，放在籃中提來，只見他仍站在師父墳邊不動。她這一餐飯做了小半個時辰，可是他不但站立的處所未曾移動，連姿式亦未改變。黑暗中望著他石像一般的身子，黃蓉大是驚懼，叫道：「靖哥哥，你怎麼了？」郭靖不理。黃蓉又道：「吃飯罷，你餓了一天啦！」郭靖道：「我餓死也不吃桃花島上的東西。」

黃蓉聽他答話，稍稍放心，知他性子執拗，這一次傷透了心，這島上的東西說甚麼也不吃的了，便緩緩放下飯籃，慢慢坐倒在地。一個站，一個坐，時光悄悄流轉，半邊月亮從海上升起，漸漸移到兩人頭頂。籃中飯菜早已冰涼，兩人心中也是一片冰涼。

就在這淒風冷月、濤聲隱隱之中，突然遠處傳來了幾聲號叫，聲音淒厲異常，似是狼嗥虎嘯，卻又似人聲呼叫。

叫聲隨風傳來，一陣風吹過，呼號聲隨即消失。黃蓉側耳傾聽，隱約聽到那聲音是在痛苦掙扎，只不知是人是獸，當下辨明了方向，發足便奔。她本想叫郭靖同去，但一個念頭在心中一轉：「這多半不是好事，讓他見了徒增煩惱。」身當此境，黑夜獨行委實害怕，好在桃花島上一草一木盡皆熟識，雖心下驚懼，仍鼓勇前行。

走出十餘步，突覺身邊風聲過去，郭靖已搶在前面。他不識道路，迅即迷了方向，只見他掌劈足踢，猛力摧打攔在身前的樹木，似乎又失了神智。黃蓉道：「你跟我來。」郭靖大叫：「四師父，四師父！」他已認出這叫聲是四師父南希仁所發。

黃蓉在彎曲迂迴的小路中緩緩前行，半輪明月初上，夜色朦朧，她察看路上情狀，見路旁樹木有些爲鐵器擊斷，路旁花草有些經人踐踏，顯是有人覓路而行，發覺道路不通時又折了回來。走出十餘丈，見當路直插著一根黑黝黝之物，正是南希仁的鐵扁擔。郭靖搶上拔起扁擔，拿在手中。

兩人上島之前，島上曾經下雨，路上泥濕，黃蓉道：「有三個人的腳印。」郭靖道：「快去接應四師父。蓉兒，如見到你爹爹在打我四師父，我只好拚命。」黃蓉道：「好！你先殺我好啦。」郭靖道：「怎麼有三個人的腳印？」前面南希仁沉重的腳印時時走錯，後面兩人卻似熟識道路，步履輕快的跟隨在後。郭靖心想追蹤南希仁的必是黃藥師無疑，世上只有他輕功既如此高明，又熟知桃花島古怪曲折的道路。黃蓉道：「四師父的腳印乾了，他已過去幾天，後面兩個腳印卻是新的。」郭靖恨恨的道：「四師父幾天前逃到了這偏僻的所在。你爹爹今天又追來殺他，快走，快走！救人要緊！」

黃蓉心中又是一涼，尋思：「他四師父見了我，不要了我性命才怪。不知爹爹在不在？」但這時她早已不顧一切，明知大禍在前，亦不想趨避，領著郭靖向前直奔，慘淡的月光之下，只見前面桃樹下一個人扭曲著身子正在滾來滾去。

郭靖大叫一聲，搶上抱起，只見南希仁臉露笑容，口中不住發出荷荷之聲。郭靖又驚又喜，突然哇的一聲哭了出來，邊哭邊叫：「四師父，四師父！」

南希仁口中荷荷聲不止，突然反手就是一掌。郭靖全沒防備，不由自主的低頭避開。南希仁一掌不中，左手跟著一拳，這一次郭靖想到是師父在責打自己，心中反而喜歡，一動不動的讓他打了一拳。那知南希仁這一拳力道大得出奇，砰的一聲，把郭靖打了個觔斗。郭靖自幼與他過招練拳也不知已有幾千百次，於他的拳力掌勁熟知於胸，料不到這一拳竟勁力突增，大是驚疑。他剛站定身子，南希仁跟著又是一拳，郭靖仍不閃避。這一拳勁力更大，郭靖眼前金星亂冒，險些暈去。南希仁俯身拾起一塊大石，猛往他頭頂砸下。

郭靖仍不閃避，這塊大石擊將下去，勢要打得他腦漿迸裂。黃蓉在旁看得凶險，忙飛身搶上，左手在南希仁臂上一推。南希仁連人帶石摔倒，口中荷荷呼叫，竟爬不起來。郭靖怒喝：「你幹麼推我四師父？」

黃蓉只是要救郭靖，不提防南希仁竟如此不濟，一推便倒，忙伸手去扶，月光下見他滿臉笑容，但這笑容似是強裝，顯得異樣可怖。黃蓉驚呼一聲，伸出了手，卻不敢碰他身子。南希仁驀然回手一拳，打中她左肩，兩人同聲大叫。黃蓉雖身披軟蝟甲，這一拳也給打得隱隱作痛，跌開幾步。南希仁的拳頭給甲上尖刺戳得鮮血淋漓。

兩人大叫聲中夾著郭靖連呼「四師父」。南希仁向郭靖望了一眼，似乎忽然認出是他，張口要待說話，嘴邊肌肉牽動，出盡了力氣，仍說不出話，臉上兀自帶著笑容，眼神中卻流露出極度失望之色。郭靖叫道：「四師父，你歇歇，是誰害你的？」

南希仁仰起脖子，竭力要想說話，但嘴唇始終沒法張開，撐持片刻，頭一沉，往後便倒。郭靖叫了幾聲「四師父」，搶著要去相扶。黃蓉在旁看得清楚，說道：「你師父要寫字。」郭靖眼光斜過，果見南希仁手指顫抖，要想在地下劃字。

黃蓉看著他努力移動手指，卻寫不成字，心中怦怦亂跳，突然想起：「他身在桃花島，就是最笨之人，也知道是我爹爹殺他。他命在頃刻，還要盡最後的力氣來寫殺他之人的姓名，難道兇手另有其人嗎？」凝神瞧著他的手指，眼見手指越動越無力，心中不住禱祝：「如他要寫別人姓名，千萬快寫出來。」只見他手指在濕泥上移動，一劃一短直，又是一劃連鉤，寫了個「冂」，一個字沒寫完，手指一顫，就此僵直不動了。

郭靖一直跪在地上抱著他，只覺得他身子一陣劇烈的抽搐，再無呼吸，眼望著這小小的「冂」字，叫道：「四師父，我知道你要寫個『東』字，『東邪』黃藥師。是了，在這島上，能害你的兇手，自然是那可惡的老『東邪』！」撲在南希仁身上，縱聲大慟。

這一場搥胸痛哭，才將他悶了整天的滿腔悲憤盡情發洩，哭到後來，竟伏在南希仁的屍身上暈了過去。

也不知過了多少時候，他悠悠醒來，日光耀眼，原來天已大明。起身四望，黃蓉已不知去了那裏，南希仁的屍身仍睜著雙眼。郭靖想到「死不瞑目」那句話，不禁又流下淚來，伸手輕輕把他眼皮合下，想起他臨終時神情奇特，不知受了甚麼傷致命，解開他衣服全身檢視。除了昨晚拳擊黃蓉而手上刺傷之外，自頂至踵竟一無傷痕，前胸後心也無遭受內力拳掌擊傷的痕跡。心想：「黃老邪彈指神通殺人不見血，這功夫我可不懂，他離去不久，遲早要殺他爲師父報仇。」

郭靖抱起南希仁屍身，要想將他與朱聰等葬在一起，樹林中道路怪異，腳印雜亂，走出數十步便已覓不到來路，只得重行折回，便在桃樹下掘了個坑，將他葬了。

他一天不食，腹中飢餓，欲待覓路到海濱乘船回向大陸，卻走得暈頭轉向。他坐著休息片刻，鼓起精神再走，這時打定主意，不管前面有路無路，只筆直朝著太陽東行。走了一陣，前面出現一片沒法穿過的密林，這林子好不古怪，每株樹上都生滿了長籐鉤刺，實難落腳，尋思：「今日有進無退！」縱身躍上樹頂。

只在樹上走得一步，就聽得嗤的一聲，褲腳給籐刺撕下一塊，小腿上也給劃了幾條血痕。再走兩步，幾條長籐又纏住了左腿。他拔出金刀割斷長籐，放眼遠望，前面刺籐樹密密層層，無窮無盡，叫道：「就算腿肉割盡了，也要闖出這鬼島去！」正要縱身躍出，忽聽黃蓉在下面叫道：「你下來，我帶你出去。」低下頭來，見她站在左首一排刺籐樹下。

郭靖也不答話，縱下地來，見黃蓉容顏慘白，全無血色，不由得一驚，想問是否舊傷復發，終於強行忍住。黃蓉見他似欲與自己說話，但嘴唇微微一動，隨即轉頭。她等了片刻不見動靜，輕輕嘆了口氣，說道：「走罷！」兩人曲折東行。

黃蓉傷勢未愈，斗然遭此大變，一夜間柔腸百轉，心想這事怨不得靖哥哥，怨不得爹爹，只怕也怨不得江南六怪。可是自己好端端地，幹麼要受老天爺這等處罰？難道說老天爺當眞妒恨自己太快活了麼？她引著郭靖走向海灘，心知他此去永無回轉之日，兩人再難見面，每走一步，似乎自己的心便碎裂了一塊。待穿出刺籐樹叢，海灘就在面前，再也支持不住，不禁搖搖欲倒，忙伸竹棒在地下一撐，不料手臂也已酸軟無力，竹棒一歪，身子往前直摔。

郭靖疾伸右手去扶，手指剛要碰到她臂膀，師父的大仇猛地在腦海中閃過，左手疾出，啪的一聲，在自己右腕上擊了一拳。這是周伯通所授的雙手左右互搏之術，右手遭擊，翻掌還了一招，隨即向後躍開。黃蓉已一交摔倒。

郭靖眼見她這一交摔下，登時悔恨、愛憐、悲憤，種種激情一時間湧向胸臆，他再心似鐵石，也禁不住俯身抱她起來，要待找個柔軟所在將她放下，四下一望，見東北岩石中有些青布迎風飄揚。

黃蓉睜開眼來，見郭靖的眼光正凝望遠處，順著他眼光望去，也即見到了青布，驚呼一聲：「爹爹！」郭靖抱她奔去，見一件青布長袍嵌在岩石之中，旁邊還有一片人皮面具，正是黃藥師的服飾。

郭靖將黃蓉緩緩放下。黃蓉驚疑不定，俯身拾起，見長袍襟上清清楚楚有一張血掌之印，指痕宛然，甚是怕人。郭靖斗然想起：「這是黃藥師使九陰白骨爪害了我三師父後揩拭的。」他本來握著黃蓉的手，此際胸口熱血上湧，使勁摔開她手，搶過長袍，嗤的一聲，撕成了兩截，又見袍角已給扯去了一塊，瞧那模樣，所缺的正是縛在鵰足上的那塊青布。

袍上血掌印清清楚楚，連掌中紋理也印在布面，在日光下似要從衣上跳躍而出，撲面打人一掌，只把郭靖看得驚心動魄，悲憤欲狂。

他捲起自己長袍的下襬塞入懷裏，涉水走向海邊一艘帆船。船上的聾啞水手早已盡數不知去向。他終不回頭向黃蓉再瞧一眼，拔出金刀割斷船纜，提起鐵錨，昇帆出海。

黃蓉望著帆船順風西去，起初還盼他終能回心轉意，掉舵迴舟，來接她同行，但見風帆越來越小，心中漸漸猶如一大塊寒冰凝了起來。

她呆呆望著大海，終於那帆船在海天相接處消失了蹤影，突然想起自己一個人孤零零的留在島上，靖哥哥是見不到了，也不知爹爹是否還會回來，今後的日子永遠過不完，難道就一輩子這樣站在海邊麼？蓉兒，蓉兒，你可千萬別尋死啊！

郭靖獨駕輕舟，離了桃花島往西進發，駛出十數里，忽聽空中鵰鳴聲急，雙鵰飛著追來，停在帆桁之上。郭靖心想：「鵰兒隨我而去，蓉兒一個兒在島上，那可更加寂寞了！」憐惜之念，油然而生，忍不住轉過了舵，要去接她同行，駛出一程，忽想：「大師父吩咐我割了黃藥師與蓉兒的頭去見他。大師父和二師父他們同到桃花島，黃藥師痛下毒手，他雖目不能見，卻淸淸楚楚聽到了。不知如何，他竟天幸逃得性命。他舉鐵杖要打死蓉兒，要我殺死蓉兒，這事還有甚麼錯？我不能殺蓉兒，二師父他們不是蓉兒害死的。可是我怎麼還能跟她在一起？黃藥師剛害了四師父，應當便在附近。我要割了黃藥師的頭，拿去見大師父。打不過黃老邪，我讓他殺了便是。」當下又轉過舵來。坐船在海面上兜了個圈子，又向西行。

第三日上，帆船靠岸，他恨極了桃花島上諸物，舉起鐵錨在船底打了個大洞，這才躍上岸去，見帆船漸漸傾側，沉入海底，似乎五位師父的遺體也跟著沉入了海底。西行找到農家，買米做飯吃了，問明路程，逕向嘉興而去。

這一晚他宿在錢塘江邊，眼見明月映入大江，水中冰輪已有團圞意，驀地心驚，只怕錯過了煙雨樓比武之約，一問宿處的主人，才知這日尚是八月十三，忙連夜過江，買了一匹健馬，加鞭奔馳，午後到了嘉興城中。

他自幼聽六位師父講述當年與丘處機爭勝的情景，醉仙樓頭銅缸賽酒、逞技比武諸般豪事，六人都津津樂道，是以他一進南門即問醉仙樓所在。

醉仙樓在南湖之畔，郭靖來到樓前，抬頭望去，依稀仍是韓小瑩所述的模樣。這酒樓在他腦中已深印十多年，今日方得親眼目睹，但見飛簷華棟，果然好一座齊楚閣兒。店中豎立著一塊大木牌，寫著「太白遺風」四字，樓頭匾額黑漆已有剝落，蘇東坡所題的「醉仙樓」三個金字仍擦得閃閃生光。郭靖心跳加劇，三腳兩步搶上樓去。

一個酒保迎上來道：「客官請在樓下用酒，今日樓上有人包下了。」郭靖正待答話，忽聽有人叫道：「靖兒，你來了！」郭靖抬起頭來，見一個道人端坐而飲，長鬚垂胸，紅光滿臉，正是長春子丘處機。

郭靖搶上前去，拜倒在地，只叫了一句：「丘道長！」聲音已然哽咽。

丘處機伸手扶起，說道：「你早到了一天，那可好得很。我也早到了一天。我想明兒要跟彭連虎、沙通天他們動手，早一日到來，好跟你六位師父先飲酒敘舊。你六位師父都到了麼？我已給他們定下了酒席。」郭靖見樓上開了九桌檯面，除丘處機一桌放滿杯筷外，其餘八桌每桌都只放一雙筷子、一隻酒杯。丘處機道：「十八年前，我在此和你七位師父初會，他們的陣仗也就這麼安排。這一桌素席是焦木大師的，只可惜他老人家與你五師父兩位已不能在此重聚了。」言下甚有憮然之意。郭靖轉過頭去，不敢向他直視。丘處機並未知覺，又道：「當日我們賭酒的銅缸，今兒我又去法華寺裏端來了。待會等你六位師父到來，我們再好好喝上幾碗。」

郭靖轉過頭去，見屏風邊果然放著一口大銅缸。缸外生滿黑黝黝的銅綠，缸內卻已洗擦乾淨，盛滿佳釀，酒香陣陣送來。郭靖向銅缸獃望半晌，再瞧著那八桌空席，心想：「除大師父之外，再也沒人來享用酒席了，只要我能眼見七位恩師再好端端的在這裏喝酒談笑，盡一日之醉，就是我立刻死了，也歡喜不盡。」

丘處機又道：「當初約定今年三月廿四，你與楊康在這兒比武決勝。我欽服你七位師父雲天高義，起始就盼你得勝，好教江南七怪名揚天下。我東西飄遊，只顧鋤奸殺賊，不曾在楊康身上花多少心血。他生長於金人王府，近墨者黑，我沒讓他學好武功，那也罷了，最不該沒能將他陶冶教誨，成爲一條光明磊落的好漢子，實愧對你楊叔父了。雖說他現下已痛改前非，究屬邪氣難除，此刻想來，好生後悔。」

郭靖待要述說楊康行止不端之事，但說來話長，一時不知從何講起。丘處機又道：「人生在世，文才武功都是末節，最要緊的是忠義二字。就算那楊康武藝勝你百倍，論到人品，醉仙樓的比武還是你各位師父勝了。嘿嘿，丘處機當眞輸得心服口服。」說著哈哈大笑，突見郭靖淚如雨下，奇道：「咦，幹麼這般傷心？」

郭靖放聲大哭，搶上一步，拜伏在地，哭道：「我……我……我五位恩師都已不在人世了。」丘處機大驚，忙問：「甚麼？」郭靖哭道：「除了大師父，其餘五位……都不在了。」

丘處機猶如焦雷轟頂，半晌做聲不得。他只道指顧之間就可與舊友重逢歡聚，那知驀地裏竟禍生不測。他與江南七怪雖聚會之時甚暫，但十八年來肝膽相照，早已把他們當作生死之交，這時驚聞噩耗，心中傷痛之極，大踏步走到欄干之旁，望著茫茫湖水，仰天長嘯，七怪的身形面貌，一個個在腦海中一晃而過。他轉身捧起銅缸，高聲叫道：「故人已逝，要你這勞什子作甚？」雙臂運勁，猛力往外摔去。撲通一聲大響，水花高濺，銅缸帶著滿缸酒水跌入了湖中。

他回頭抓住郭靖手臂，問道：「怎麼死的？快說！」郭靖正要答話，突然眼角瞥處，見一人悄沒聲的走上樓頭，一身青衣，神情瀟洒，正是桃花島主黃藥師。郭靖眼睛一花，還道看錯了人，凝神定睛，卻不是黃藥師是誰？

黃藥師見他在此，也是一怔，突覺勁風撲面，郭靖一招「亢龍有悔」隔桌衝擊而來。這一掌他當眞使盡了平生勁力，聲勢猛惡驚人，只盼與死仇同歸於盡，再也不留餘力自保。黃藥師身子微側，左手推出，將他掌勢卸在一旁。只聽得喀喇喇幾聲響，郭靖收勢不住，身子穿過板壁，向樓下直墮。也是醉仙樓合當遭劫，他這一摔正好跌在碗盞架上，乒乒乓乓一陣響，碗兒、碟兒、盤兒、杯兒，也不知打碎了幾千百隻。

這日午間，酒樓的老掌櫃聽得丘處機吩咐如此開席，又見他托了大銅缸上樓，想起十八年前舊事，心中早就惴惴不安，這時只聽得樓上樓下響成一片，不由得連珠價的叫苦，顛三倒四的只唸：「救苦救難觀世音菩薩，玉皇大帝，城隍老爺……」

郭靖怕碗碟碎片傷了手掌，不敢用手去按，腰背用勁，縱身躍起，立時又搶上樓來。見灰影閃動，接著青影一晃，丘處機與黃藥師先後從窗口躍向樓下。郭靖心想：「這老賊武功在我之上，空手傷他不得。」從腰間刀鞘中拔出成吉思汗所賜金刀，心道：「拚著挨那老賊一拳一腳，好歹也要在他身上砍上兩刀。」奔到窗口，踴身便跳。

這時街上行人熙熙攘攘，聽得酒樓有人跳下，都擁來觀看，突見窗口又有人凌空躍落，手裏握著一柄白光閃閃的短刀，衆人發一聲喊，互相推擠，早跌倒了數人。

郭靖在人叢中望不見黃丘二人，向身旁一個老者問道：「樓上跳下來的兩人那裏去了？」那老者見他手握鋼刀，神情兇狠，大吃一驚，只叫：「好漢饒命，不關老漢的事。」郭靖連問數聲，只把那老者嚇得大叫「救命」。郭靖展臂輕輕將他推開，闖出人叢，丘黃二人卻已影蹤不見。

他又奔上酒樓，四下瞭望，但見湖中一葉扁舟載著丘黃二人，正向湖心土洲上的煙雨樓划去。黃藥師坐在船艙，丘處機坐在船尾盪槳。

郭靖見此情景，不由得一怔，心道：「二人必是到煙雨樓去拚個你死我活，丘道長縱然神勇，那能敵此老賊？」急奔下樓，搶了一艘小船，撥槳隨後跟去。眼見大仇在前，再也難以寧定，可是水上之事，實是性急不得，一下子使力大了，啪的一聲，木槳齊柄折斷。他又急又怒，搶起一塊船板當槳來划，這時欲快反慢，離丘黃二人的船竟越來越遠。好容易將小船撥弄到岸邊，二人又已不見。

郭靖自言自語：「得沉住了氣，可別大仇未報，先送了性命。」深深吐納三下，凝神側耳，果聽得樓後隱隱有兵刃劈風之聲，夾著一陣陣吆喝呼應，卻不止丘黃二人。

郭靖四下觀看，摸清了周遭情勢，躡足走進煙雨樓，樓下無人，奔上樓梯，見窗口一人憑欄而觀，口中尚在嚼物，嗒嗒有聲，正是洪七公。郭靖搶上去叫聲：「師父！」洪七公點了點頭，向窗下一指，舉起手中半隻熟羊腿來咬了一口。郭靖奔到窗邊，見樓後空地上劍光耀眼，八九個人正把黃藥師圍在垓心，眼見敵寡己衆，心中稍寬，待得看清接戰衆人的面目，又不覺一驚。

只見大師父柯鎭惡揮動鐵杖，與一個青年道士靠背而立，再定睛看時，那青年道士是丘處機的弟子尹志平，手挺長劍，護定柯鎭惡後心。此外尚有六個道人，便是馬鈺、丘處機等全眞六子。

郭靖看了片刻，已瞧出全眞派是布了天罡北斗陣合戰，但長眞子譚處端已死，「天璇」之位便由柯鎭惡接充，想是他武功較遜，眼睛盲了，又不諳陣法，再由尹志平守護背後，臨時再加指點。全眞六子各舞長劍，進退散合，圍著黃藥師鬥得極是激烈。

那日牛家村惡鬥，全眞七子中只二人出劍，餘人俱赤掌相搏，戰況已凶險萬狀，此時七柄長劍再加一根鐵杖，更加猛惡驚人。黃藥師卻仍空手，在劍光杖影中飄忽來去，似乎已給逼得只有招架之功，卻無還手之力，數十招中盡避讓敵刃，竟未還過一拳一腳。郭靖心中暗喜：「任你神通廣大，今日也叫你難逃公道。」

突然見黃藥師左足支地，右腿繞著身子橫掃二圈，逼得八人一齊退開三步。郭靖暗讚：「好旋風掃葉腿法！」黃藥師回過頭來，向樓頭洪郭兩人揚了揚手，點頭招呼。郭靖見他滿臉輕鬆自在，渾不是給迫得喘不過氣來的神氣，不禁生疑，見黃藥師左掌斜揮，向長生子劉處玄頭頂猛劈下去，已從守禦轉爲攻擊。

這一掌劈到，劉處玄本來不該格擋，須由位當天權的丘處機和位當天璇的柯鎭惡從旁側擊解救，但柯鎭惡目不見物，與常人接戰自可以耳代目，遇著黃藥師這般來無影去無蹤、迅如雷閃的高明掌法，那裏還能隨機應變？丘處機劍光閃閃，直指黃藥師右腋，柯鎭惡待得聽到尹志平指點出杖，已遲了一步。

劉處玄只覺風聲颯然，敵人手掌已拍到頂門，但黃藥師有意容讓，掌到敵頂，稍有停滯，讓劉處玄來得及倒地滾開。馬鈺與王處一在旁雙劍齊出救援。劉處玄危難雖脫，天罡北斗之陣卻也散亂了，黃藥師哈哈一笑，向孫不二疾衝過去，衝出三步，突然倒退，背心撞向廣寧子郝大通。郝大通從未見過這般怪招，微一遲疑，待要挺劍刺他脊梁，黃藥師動如脫兔，已闖出圈子，在兩丈外站定。

洪七公笑道：「黃老邪這一手可帥得很啊！」郭靖叫道：「我去！」發足向樓梯奔去。洪七公道：「不忙，不忙！你岳丈初時老不還手，我很為你大師父擔心，現在瞧來他並無傷人之意。」郭靖回到窗邊，問道：「怎見得？」

洪七公道：「若他有意傷人，適才那瘦皮猴道士那裏還有命在？小道士們不是對手，不是對手。」他咬了一口羊腿，又道：「你岳丈與丘處機還沒到來之時，我見那幾個老道和你大師父在那邊排陣，但這天罡北斗陣豈能頃刻之間便學得成？那幾個老道勸你大師父暫不插手助陣，你大師父咬牙切齒，說甚麼也不答應。不知你大師父為了甚麼事，跟你岳丈結下了那麼大怨仇。他跟那小道士合守天璇，終究擋不住你岳丈的殺手。」

郭靖恨恨的道：「他不是我岳丈。」洪七公奇道：「咦，怎麼又不是岳丈了？」郭靖咬牙切齒的道：「他，他，哼！」洪七公道：「蓉兒怎麼啦？你們小兩口吵架了，是不是？」郭靖道：「不關蓉兒的事。這老賊，他，他害死了我五位師父，我跟他仇深似海。」洪七公嚇了一跳，忙問：「這話當眞？」

這句話郭靖卻沒聽見，他全神貫注的正瞧著樓下惡鬥。這時情勢已變，黃藥師使出劈空掌法，只聽得呼呼風響，對手八人攻不近身。若論馬鈺、丘處機、王處一等人的武功，黃藥師原不能單憑一對肉掌便將他們擋在丈許之外，但天罡北斗陣是齊進齊退之勢，郝大通、孫不二、柯鎭惡、尹志平四人武功較弱，只消有一人給逼退了，餘人只得跟著後卻。八人進一步退兩步，與黃藥師愈離愈遠，但北斗之形仍維持不亂。

到這時全眞派的長劍已及不著黃藥師身上，他卻可以俟隙而攻。再拆數招，洪七公道：「嗯，原來如此。」郭靖忙問：「怎麼？」洪七公道：「黃老邪故意引逗他們展開陣勢，要看清楚陣法精奧。十招之內，他就要縮小圈子了。」

洪七公功力雖失，眼光仍是奇準，果然黃藥師劈出去的掌力一招弱似一招，全眞諸子逐漸合圍，不到一盞茶功夫，衆人似已擠成一團。眼見劉處玄、丘處機、王處一、郝大通四人的劍鋒便可同時揷到黃藥師身上，不知怎的，四柄長劍卻都貼身而過，畢竟差了數寸，若不是四人收劍迅捷，竟要相互在同門師兄弟身上刺個透明窟窿。

在這小圈子中相鬥，招招相差只毫髮之間。郭靖心知黃藥師既熟識陣法，就不會再跟衆人磨耗，破陣破弱，首當其衝的自然是大師父與尹志平兩人，此處離衆人太遠，危急時不及相救，見陣中險象環生，向洪七公道：「弟子下去。」也不等他答話，飛奔下樓。

待得奔近衆人，卻見戰局又變，黃藥師不住向馬鈺左側移動，越移越遠，似乎要向外逃遁。郭靖手執金刀，只待他轉身發足，立時猛撲而上。忽聽得王處一撮唇而嘯，他與郝大通、孫不二三人組成的斗柄從左轉了上去，仍將黃藥師圍在中間。黃藥師連移三次方位，不是王處一轉動斗柄，就是丘處機帶動斗魁，始終不讓他搶到馬鈺左側，到第四次上，郭靖猛然醒悟：「啊，是了，他要搶北極星位。」

那日他在牛家村療傷，隔牆見到全眞七子布「天罡北斗陣」，先後與梅超風、黃藥師相鬥，其後與黃蓉參詳天上的北斗星宿與北極星，得知若將北斗星宿中「天樞」「天璇」兩星聯一直線，向北伸展，即遇北極星。此星永居正北，北斗七星每晚環之而轉。其後他在洞庭湖君山爲丐幫所擒，又再仰觀天文，悟到天罡北斗陣的不少訣竅，但也只將北斗陣連環救援、此擊彼應的巧妙法門用入自己武功而已。黃藥師才智勝於郭靖百倍，又精通天文術數、陰陽五行之學，牛家村一戰未能破得全眞七子的北斗陣，事後凝思多日，即悟到了此陣的根本破綻之所在。郭靖所想的只是「學」，黃藥師不屑去學王重陽的陣法，所想的卻是「破」，知道只須搶到北極星方位，北斗陣散了便罷，否則他便坐鎭中央，帶動陣法，以逸待勞，立於不敗之地。

全眞諸子見他窺破陣法關鍵，都暗暗心驚，若譚處端尚在，七子渾若一體，決不容他搶到北極星位。此時「天璇」位上換了柯鎮惡與尹志平，武功固遠遜，陣法又不熟，北斗陣威力大減。馬鈺等明知纏鬥下去必無善果，且郭靖窺伺在旁，只要黃藥師當眞遇到危險，他翁婿親情，豈有不救？但師叔與同門遭害之仇不能不報，重陽先師當年武功天下第一，他弟子合六人之力尙鬥不過一個黃藥師，全眞派號稱武學正宗，委實名不副實。

黃藥師笑道：「想不到重陽門下弟子，竟這般不知好歹！」斗然欺到孫不二面前，唰唰唰連劈三掌。馬鈺與郝大通挺劍相救。黃藥師身子略側，避開二人劍鋒，唰唰唰，向孫不二又劈三掌。桃花島主掌法何等精妙，這六掌劈將下來，縱然王重陽復生，洪七公傷愈，也得避其鋒銳，孫不二如何抵擋得住？眼見掌來如風，只得連挽劍花，奮力守住面門。黃藥師驀地裏雙腿連環，又向她連踢六腿。這「桃華落英掌」與「旋風掃葉腿」齊施，正是桃花島的「東風絕技」，六招之下敵人倘若不退，接著又是六招，招術愈來愈快，六六三十六招，任是一等一的英雄好漢，也要教他避過了掌擊，躲不開腿踢。

馬鈺等見他專對孫不二猛攻，團團圍上相援，在這緊迫之際，陣法最易錯亂。柯鎮惡目不見物，斗魁橫過時起步稍遲，黃藥師一聲長笑，已越過他身後。忽然一人在半空中大叫「啊喲」，飛向煙雨樓屋角，卻是尹志平給他抓住背心，擲了上去。

這一來陣法破綻更大，黃藥師那容對方修補，低頭向馬鈺疾衝，滿以爲他必定避讓，那知馬鈺劍守外勢，左手劍訣直取對手眉心，出手沉穩，勁力渾厚。黃藥師側身避過，讚了聲：「好，不愧全眞首徒。」猛地裏回身起腳，將郝大通踢了個觔斗，俯身搶起長劍，當胸刺落。劉處玄大驚，揮劍來格。黃藥師哈哈大笑，說道：「饒他一命！」手腕震處，啪的一聲，雙劍齊斷。但見青影閃動，桃花島主疾趨北極星位。

此時陣法已亂，無人能阻。諸子不住價叫苦，眼見他要以主驅賓，全眞派潰於今日。馬鈺一聲長嘆，正要棄劍認輸，任憑敵人處置，忽見青影閃晃，黃藥師反奔而回，北極星位上多了一人，卻是郭靖。丘處機大喜過望，他在醉仙樓上曾見郭靖與黃藥師拚命。馬鈺與王處一識得郭靖，知他心地純厚，縱然相助岳丈，也決不致向師父柯鎭惡反噬。餘下三子卻惶急更甚，眼見郭靖已佔住北極星位，他翁婿二人聯手，全眞派實無死所，正驚疑間，卻見郭靖左掌右刀，已與黃藥師鬥在一起，不由得驚詫不已。

黃藥師破亂了陣法，滿擬能將全眞派打得服輸叫饒，那知北極星位上突然出現了一人。他全神對付全眞諸子，並未轉身去看此人面目，反手施展劈空掌手段，當胸就是一掌。那人伸左掌卸開來勢，身子穩凝不動。黃藥師大吃一驚，心想：「世上能憑一人之力擋得住我一掌的，寥寥可數。此人是誰？」回過頭來，卻見是郭靖。

此時黃藥師前後受敵，如不能驅開郭靖，天罡北斗陣從後包抄上來，委實凶險萬分。他向郭靖連劈三掌，一掌猛似一掌，每一掌都讓郭靖運勁化開。第四掌他虛實並用，料著郭靖要乘隙還手，那知郭靖仍只守不攻，金刀豎擋胸口，左掌在自己下腹緩緩掠過，叫他雖一招雙攻，但雙攻都失了標的。黃藥師一驚更甚：「這傻小子窺破了陣法秘奧，居然穩守北極星位，竟不移動半步。是了，他必受了全眞諸子傳授，在這裏合力對我。」他自不知這一下只猜對了一半。郭靖確是通悉了天罡北斗陣的精要，然而是從九陰眞經中習得，卻非全眞諸子所授。

郭靖面對殺師大仇，卻沉住了氣堅守要位，雙足猶似用鐵釘在地下牢牢釘住，任憑黃藥師故意露出多大破綻誘敵，他只視而不見。黃藥師暗暗叫苦，心道：「傻小子不識進退！哼，拚著給蓉兒責怪，今日也只有傷你了，否則不能脫身。」他左掌劃了個圈子，待劃到胸前七寸之處，右掌斗地搭上了左掌，借著左掌這一劃之勁，力道大了一倍，正要向郭靖面門拍去，心念忽動：「倘若他仍呆呆的不肯讓開，這一掌勢必將他打成重傷。眞要有甚三長兩短，蓉兒這一生可永遠不會快活的了。」

郭靖見他借勁出掌，眼看這一下來勢非同小可，咬一咬牙，出一招「見龍在田」，只得以降龍十八掌的功夫硬拚，自知武功遠爲不及，硬碰硬的對掌有損無益，但若不強接對方這一招而閃身避開，他必搶來佔住北極星位，再要除他可就千難萬難了。這一招出去，實是豁出了性命的蠻幹，不料黃藥師掌出尺許，突然收回，叫道：「傻小子，快讓開，你爲甚麼跟我過不去？」

郭靖見他容讓，弓背挺刀，凝神相望，卻不答話。這時全眞諸子已整頓了陣勢，遠遠圍在黃藥師身後，俟機攻上。黃藥師又問：「蓉兒呢？她在那裏？」郭靖仍然不答，臉色陰沉，眼中噴出怒火。黃藥師見了他臉色，疑心大起，怕女兒已遭不測，喝道：「你把她怎麼樣了？快說！」郭靖牙齒咬得更緊，持刀的右手微微發抖。

黃藥師凝目相視，郭靖每一個細微的舉止都逃不過他眼光，見他神色大異，更加驚疑，叫道：「你的手幹麼發抖？你為甚麼不說話？」郭靖想起桃花島上諸位師父慘死的情狀，悲憤交迸，全身不由自主的劇烈顫動，眼眶也自紅了。

黃藥師見他始終不語，目中含淚，愈想愈怕，只道女兒與他因華箏之事起了爭鬧，傷心自盡，雙足一點，直撲過去。丘處機長劍揮動，天罡北斗陣同時發難，王處一、郝大通兩人一劍一掌，左右攻上。郭靖掌卸來勢，金刀如電而出，還擊一招。黃藥師卻不閃避，反手逕拿他手腕奪刀。這一拿雖既狠且準，但王處一長劍已抵後心，不得不扭腰躲過，就此一讓，奪刀的五指差了兩寸，郭靖已乘機迴刀剁削。

這一番惡鬥，比適才更加激烈數倍。全眞諸子初時固欲殺黃藥師而甘心，好為周伯通與譚處端報仇，但動手之後，見黃藥師一再留情，不下殺手，己方敵意也就減了。黃藥師自與江南六怪相見後，明知其中生了誤會，只他生性傲慢，又自恃長輩身分，不屑先行解釋，滿擬先將他們打得一敗塗地、棄劍服輸，再說明眞相，重重教訓他們一頓，因此動武之際手底處處留情。否則馬鈺、丘處機等縱然無礙，孫不二、尹志平那裏還有命在？那知郭靖突然出現，不但不出手相助，反而捨死狠拚，心想他如不是逼死了黃蓉，何必如此懼怕自己？一意要抓住郭靖問個明白。

但此際郭靖佔了北極星位，尹志平雖在煙雨樓頂上尚未爬落，雙方優劣之勢已然倒轉。天罡北斗陣法滾滾推動，攻勢連綿不絕。黃藥師連搶數次，始終逼不開郭靖，焦躁起來，每當用強猛衝，全眞諸子必及時救援，欲待回身下殺手先破陣法，郭靖卻又穩恃樞紐，居中策應。四、五十招下來，黃藥師已給逼得難以施展，北斗陣漸漸縮小，合圍之勢已成。

鬥到分際，馬鈺長劍一指，叫道：「且住！」全眞諸子各自收勢，牢牢守住方位。馬鈺說道：「黃島主，你是當代武學宗主，後輩豈敢妄自得罪？今日我們恃著人多，佔了形勢，我周師叔、譚師弟的血債如何了斷，請你說一句罷！」

黃藥師冷笑一聲，說道：「有甚麼說的？爽爽快快將黃老邪殺了，以成全眞派之名，豈不美哉？看招！」身不動，臂不抬，右掌已向馬鈺面門劈去。

馬鈺一驚閃身，但黃藥師這一掌發出前毫無先兆，發出後幻不可測，虛虛實實，原是桃華落英掌法中的絕招，他精研十年，本擬在二次華山論劍時用以爭勝奪魁，這一招羣毆之際使用不上，單打獨鬥，丹陽子功力再深，如何能是對手？馬鈺不避倒也罷了，這向右一閃，剛好撞上他的後著，暗叫一聲：「不好！」待要伸手相格，敵掌已抵在胸口，只要他勁力一發，心肺全遭震傷。

全眞五子盡皆大驚，劍掌齊上，卻那裏還來得及？眼見馬鈺立時要命喪當場，那知黃藥師哈哈一笑，撤掌回臂，說道：「我如此破了陣法，諒你們輸了也不心服。黃老邪死則死耳，豈能讓天下英雄笑話？好道士，大夥兒齊上吧！」

劉處玄哼了一聲，揮拳便上，王處一長劍緊跟遞出，天罡北斗陣又已發動。這時使的是第十七路陣法，王處一之後該由馬鈺攻上。王處一疾刺一劍後讓出空檔，但馬鈺不向前攻，反而退後兩步，叫道：「且慢！」衆人又各住手。

馬鈺道：「黃島主，多承你手下容情。」黃藥師道：「好說。」馬鈺道：「按理說，此時晚輩命已不在，先師遺下的這個陣法，已爲你破了，我們若知好歹，該當垂手服輸，聽憑處置。只師門深仇，不敢不報，了結此事之後，晚輩自當刎頸以謝島主。」黃藥師臉色慘然，揮手道：「多說無益，動手罷。世上恩仇之事，原本難明。」

郭靖心想：「馬道長等與他動手，是爲了要報師叔師弟之仇。其實周大哥好端端的活著，譚道長之死也跟黃島主無涉。但如我出言解釋明白，全眞諸子退出戰團，單憑大師父和我二人，那裏是他對手？別說殺師大仇決計難報，連自己的性命也必不保。」轉念一想：「我若隱瞞此事，豈非成了卑鄙小人？衆位師父時時言道：頭可斷，義不可失。」朗聲說道：「馬道長，丘道長，王道長，你們的周師叔並沒死，譚道長是歐陽鋒害死的。」丘處機甚爲詫異，問道：「你說甚麼？」

郭靖於是述說當時如何在牛家村密室養傷，隔牆如何耳聞目睹裘千丈造謠、雙方激鬥、歐陽鋒掌斃譚處端、偷襲黃藥師、梅超風護師殞命等情。他雖口齒笨拙，於重大關節之處卻也說得明明白白。

全眞諸子聽得將信將疑。丘處機喝道：「你這話可眞？」郭靖指著黃藥師道：「弟子恨不得生啖這老賊之肉，豈肯謊言助他？但實情如此，弟子不得不言。」六子知他素來誠信，何況對黃藥師這般切齒痛恨，所說自必屬實。

黃藥師聽他居然爲自己分辯，也大出意料之外，問道：「你幹麼如此恨我？蓉兒呢？」柯鎭惡接口道：「你自己做的事難道不明白？靖兒，咱們就算打不贏，也得跟這老賊拚了。」說著舉起鐵杖，向黃藥師橫掃過去。

郭靖聽了師父之言，知他已原諒了自己，心中一陣喜慰，隨即眼淚流了下來，叫道：「大師父，二師父他們……他們五位，死得好慘！」

黃藥師伸手抓住柯鎭惡鐵杖的杖頭，問郭靖道：「你說甚麼？朱聰、韓寶駒他們好好的在我島上，怎會死了？」柯鎭惡奮力回奪，鐵杖紋絲不動。黃藥師又問郭靖：「你目無尊長，跟我胡說八道，動手動腳，是爲了朱聰他們麼？」郭靖眼中如要出血，叫道：「你親手將我五位師父害了，還要假作不知？」提起金刀，挺臂直削。黃藥師揮手將鐵杖甩出，噹的一聲，杖刀相交，火花四濺。

黃藥師又道：「是誰見來？」郭靖道：「五位師父是我親手埋葬，難道還能冤了你不成？」黃藥師冷笑道：「冤了又怎樣？黃老邪一生獨來獨往，殺幾個人還會賴帳？不錯，你那些師父通統是我殺的！」

忽聽一個女子聲音叫道：「不，爹爹，不是你殺的，你千萬別攬在自己身上。」衆人一齊轉頭，只見說話的正是黃蓉。衆人全神酣鬥，竟沒察覺她何時到來。

郭靖乍見黃蓉，不禁一呆，霎時間不知是喜是愁。

黃藥師見女兒無恙，大喜之下，痛恨郭靖之心全消，哈哈大笑，說道：「好孩子，過來，讓爹疼妳。」這幾日來黃蓉受盡了煎熬，到此時才聽到一句親切之言，飛奔過去，投入父親懷中，哭道：「爹，這傻小子冤枉你，他……他還欺負我。」

黃藥師摟著女兒笑道：「黃老邪自行其是，早在數十年前，無知世人便已把天下罪孽都推在你爹頭上，再加幾樁，又豈嫌多了？江南五怪是你梅師姊的大仇人，當眞是我親手殺了。」黃蓉急道：「不，不，不是你，我知道不是你。」黃藥師微微一笑，道：「傻小子這麼大膽，竟敢欺侮我乖寶貝，你瞧爹爹收拾他。」一言甫畢，突然回手出掌，快似電閃，當真來無影、去無蹤。郭靖正自琢磨他父女倆的對答，突然啪的一聲，左頰熱辣辣的吃了一記耳光，待要伸手擋架，黃藥師的手掌早已回了黃蓉頭上，輕輕撫摸她秀髮。這一掌打得聲音甚響，勁力卻弱，郭靖撫著面頰，茫然失措，不知該上前動手，還是怎地。

柯鎮惡聽到郭靖被打之聲，只怕黃藥師已下毒手，急問：「靖兒，你怎麼？」郭靖道：「沒事。」柯鎮惡道：「別聽妖人妖女一搭一檔的假撇清，我雖沒眼珠，但在墳墓外親耳聽到你六師父的秤桿給人奪去用手折斷，桃花島上，除了這老賊之外，更有誰有這高的功力……」郭靖不等他說完，已和身猛向黃藥師撲去。柯鎮惡鐵杖也已疾揮而出。

黃藥師放下女兒，閃開郭靖手掌，搶步來奪鐵杖，這次柯鎮惡有了防備，便沒給他抓到。師徒二人聯手，剎時間已與黃藥師鬥得難解難分。郭靖雖屢逢奇人，學得不少神妙武功，但與這位武學大宗師的桃花島主相較，畢竟相去尚遠，縱有柯鎮惡相助，亦無濟於事，只拆得二三十招，已給逼得難展手腳。

丘處機心道：「全真派危急時他師徒出手相助，眼下二人落敗，我們豈可坐視？且不管周師叔生死若何，先打服了黃老邪再定分曉。」長劍直指，叫道：「柯大俠請退回原陣！」此時尹志平已從煙雨樓頂爬下，雖摔得臉青鼻腫，卻無大傷，奔到柯鎮惡身後仗劍守護。天罡北斗陣再行推動，將黃藥師父女圍在垓心。

黃藥師大是惱怒，心想：「先前誤會，攻我尚有可說，傻小子既已說明眞相，你這羣雜毛仍恃衆胡來，黃老邪當眞不會殺人嗎？」身形閃處，直撲柯鎭惡左側。

黃蓉見父親臉露殺氣，知他下手再不容情，心中一寒，卻見王處一、馬鈺已擋開父親掌勢，柯鎭惡的鐵杖卻惡狠狠的向自己肩頭壓下，口中還在罵：「十惡不赦的小賤人、鬼妖女！桃花島上的賤貨！」黃蓉從來不肯吃半點小虧，聽他破口亂罵，怒從心起，叫道：「你有膽子再罵我一句？」

江南七怪都是生長市井的屠沽之輩，出口傷人有甚難處？柯鎭惡恨極了黃藥師父女，聽她如此說，當下甚麼惡毒的言語都罵了出來。黃蓉自幼獨居，那裏聽到過這些粗言穢語，饒是她聰明絕頂，柯鎭惡每罵一句，她都得一怔之後方明白言中之意，到後來越聽越不成話，越聽越不明所以，啐了一口，說道：「虧你還做人家師父，也不怕說髒了嘴。」柯鎭惡罵道：「老子跟乾淨人說乾淨話，跟臭賤人說臭話！你這人越髒，老子的話跟著也是越髒。」

黃蓉大怒，提起竹棒迎面直點。柯鎭惡還了一杖，那知打狗棒法神妙絕倫，數招一過，鐵杖已讓黃蓉以「引」字訣拖住，跟著她竹棒揮舞，棒東杖東，棒西杖西，全然不得自由。柯鎭惡在北斗陣中位居「天璇」，他一受制，陣法登時呆滯。

丘處機劍光閃閃，刺向黃蓉背後，本來這招原可解了柯鎭惡之厄，可是黃蓉恃著身披寶甲，竟不理會，棒法變幻，連出三招。丘處機長劍已指到她背心，心念一動：「丘某是何等樣人，豈能傷這小小女孩？」劍尖觸背，卻不前送。就這麼救援稍遲，黃蓉已搶到空隙，竹棒疾搭急迴，借著伏魔杖法外崩之力，向左甩出。柯鎮惡力道全使反了，鐵杖不由自主的脫出掌握，飛向半空，噗通一聲，跌入了南湖湖邊。

王處一怕她乘勢直上，早已搶在柯鎮惡身前，挺劍擋住。他雖見多識廣，卻從未見過這打狗棒法，不禁大是驚疑。

郭靖見師父受挫，叫道：「大師父，你請歇歇，我來替你。」縱身離開北極星位，搶到「天璇」。他此時武功已勝全眞諸子，兼之精通陣法奥妙，一加推動，陣勢威力大增。北斗陣本以「天權」爲主，但他一入陣，樞紐移至「天璇」，陣法立時變幻。這奇勢本來不及正勢堅穩，但黃藥師一時之間參詳不透，雖有女兒相助，仍難抵擋，幸而全眞諸子下手各留分寸，不施殺手，只郭靖一人性命相搏，黃藥師尚可支撑。

鬥到分際，郭靖愈逼愈近。他有諸子爲援，黃藥師傷他不得，只得連使輕功絕技，方避開了郭靖勢若瘋虎的連環急攻。

黃蓉見郭靖平素和善溫厚的臉上這時籠罩著一層殺氣，猙獰可怖，似乎突然換了一人，變得從不相識，心中又驚又怕，擋在父親面前，向郭靖道：「你先殺了我罷！」郭靖怒目而視，喝道：「讓開！」黃蓉一呆，心道：「怎麼你也這樣對我呼喝？」郭靖搶上前去，伸臂將她推開，縱身直撲黃藥師。

忽聽得身後一人哈哈大笑，叫道：「藥兄不用發愁，做兄弟的助你來啦！」語聲鏗鏗然十分刺耳。衆人不敢就此迴身，將北斗陣轉到黃藥師身後，這才見到湖邊高高矮矮的站著五六人，爲首一人長手長腿，正是西毒歐陽鋒。

全眞六子齊聲呼嘯。丘處機道：「靖兒，咱們先跟西毒算帳！」長劍揮動，全眞六子都圍到了歐陽鋒身周。

那知郭靖全神貫注在黃藥師身上，對丘處機這話恍然不聞。全眞六子一抽身，他已撲到黃藥師身前，兩人以快打快，倏忽間拆了五六招。雙方互擊不中，均各躍開，沉肩拔背，相向瞪視。只聽郭靖大叫一聲，攻將上去，數招一過，又分別退開。

此時全眞六子已布成陣勢，看柯鎭惡時，但見他赤手空拳，守在黃藥師身旁，側耳傾聽，雙掌張開，顯是要不顧自己安危，撲上去牢牢將他抱住，讓郭靖搏擊他要害。丘處機向尹志平一招手，命他佔了「天璇」之位。馬鈺高聲吟道：「手握靈珠常奮筆，心開天籟不吹簫！」這是譚處端臨終之時所吟的詩句，諸子聽了，敵愾之心大起，劍光霍霍，掌影飄飄，齊向歐陽鋒攻去。

歐陽鋒手中蛇杖倏伸倏縮，將全眞派七人逼開。他在牛家村見過全眞派天罡北斗陣的厲害，心中好生忌憚，先守緊門戶，以待敵方破綻。北斗陣一經展開，前攻後擊，連環不斷。歐陽鋒遇招拆招，見勢破勢，片刻間已看出尹志平的「天璇」是陣法一大弱點，心想此陣少了一環，實不足畏，當下使開蛇杖堅守要害，遊目四顧，觀看周遭情勢。

郭靖與黃藥師貼身肉搏。黃蓉揮動竹棒，將柯鎮惡擋在距兩人丈餘之外，連叫：「且慢動手，聽我說幾句話。」但郭靖充耳不聞，他將金刀還鞘，只用雙掌，一掌接著一掌拍出，狠命撲擊。黃蓉見父親初時尚手下容情，但給郭靖纏得急了，臉上怒色漸增，出手愈重，眼見局勢危急，只要他兩人之中任誰稍有疏神，定有人遭致傷亡，一抬頭見洪七公在煙雨樓頭憑欄觀戰，忙叫：「師父，師父，你快來分說明白。」

洪七公也早瞧出情形不妙，苦於武功全失，無力排難解紛，正自焦急，聽得黃蓉叫喚，心想：「只要黃老邪對我有幾分故人之情，此事尚有可爲。」雙手在欄干上一按，從半空輕飄飄的落下地來，叫道：「大家住手，老叫化有話說。」

九指神丐在江湖上何等威名，衆人見他忽然現身，個個心中一凜，不由自主的住手罷鬥。

歐陽鋒第一個暗暗叫苦，心道：「怎麼老叫化的武功回來了？」他不知洪七公聽了黃蓉口述九陰眞經中梵文書寫的神功總旨之後，這幾日來照法而行，自通奇經八脈。洪七公武功原已精絕，既得聞上乘內功訣竅，如法修爲，自是效驗如神，短短數日之中，已將八脈打通一脈，輕身功夫已回復了三四成。若論拳勁掌力、搏擊廝鬥，仍還不如一個初練武功的壯漢，但縱躍起伏，身法輕靈，即以歐陽鋒如此眼力，亦瞧不出他徒具虛勢，全無實勁。

洪七公見眾人對自己竟仍如此敬畏，尋思：「老叫化若不裝腔作勢一番，難解今日危局，可是該當說些甚麼話，方能讓全眞諸道俯首聽命、叫老毒物知難而退？」一時無計，且仰天打個哈哈再說，猛抬頭，卻見明月初昇，圓盤似的冰輪上緣隱隱缺了一邊，心念忽動，說道：「眼前個個是武林高手，不意行事混帳無賴，說話如同放屁。」

眾人一怔，知他向來狂言無忌，也不以爲忤，但如此見責，必有緣故。馬鈺行了一禮，說道：「請前輩賜教。」

洪七公怒道：「老叫化早聽人說，今年八月中秋，煙雨樓畔有人打架，老叫化最怕耳根子不清淨，但想時候還早，儘可在這兒安安穩穩睡個懶覺，那知道今兒一早便聽得砰砰嘭嘭的吵個不休。又是擺馬桶陣、便壺陣啦，又是漢子打婆娘、女婿打丈人啦，殺豬屠狗一般，鬧得老叫化睡不得個太平覺。你們抬頭瞧瞧月亮，今兒是甚麼日子？」

眾人聽了他這幾句話，斗然間都想起今天還是八月十四，比武之約尙在明日，何況彭連虎、沙通天等正主兒未到，眼下動手，確有點兒於理不合。丘處機道：「老前輩教訓得是。我們今日原不該在此騷擾。」轉頭向歐陽鋒道：「歐陽鋒，咱們換個地方去拚個死活。」歐陽鋒笑道：「妙極，妙極，該當奉陪。」

洪七公把臉一沉，說道：「王重陽一歸天，全眞教的一羣雜毛鬧了個烏七八糟。我跟你們說個好的，五個男道士加個女道姑，再湊上個武功低微的小道士，滿不是老毒物對手。王重陽沒留下甚麼好處給我，全眞教的雜毛死光了也不放在老叫化心上，可是我倒要問一聲：你們訂下了比武約會，明兒怎生踐約啊？七個死道士跟人家打甚麼？」

這番話明裏是嘲諷全眞諸子，暗中卻是好意點醒，與歐陽鋒動上了手實是有死無生。他全眞派七道鬥不過黃藥師，自也不是歐陽鋒的對手。六子久歷江湖，怎不明他話中含意，但大仇當前，焉能退縮？

洪七公眼角一橫，見郭靖向黃藥師瞪目怒視，黃蓉泫然欲淚，心知其中糾葛甚多，尋思：「待老頑童到來，憑他這身功夫，當可藝壓全場，那時老叫化自有話說。」喝道：「老叫化要睡覺，誰再動手動腳，便是跟我過不去。到明晚任你們鬧個天翻地覆，老叫化誰也不幫。馬鈺，丘處機，你這夥雜毛都給我坐下來練練功夫，內力強得一分是一分，臨時抱佛腳，也勝於不抱。靖兒、蓉兒，來跟我搥腿。」

歐陽鋒對他心存忌憚，暗想他若與全眞諸子聯手，便難抵敵，當即說道：「老叫化，藥兒與我哥兒倆跟全眞教結上了樑子。九指神丐言出如山，今日給你面子，明兒你可得誰也不幫。」

洪七公暗暗好笑：「現在你伸個小指頭兒也推倒了我，居然怕我出手。」大聲道：「老叫化放個屁也比你說話香些，不幫就不幫，你準能勝麼？」說著仰天臥倒，把酒葫蘆枕在腦後，叫道：「兩個孩兒，快搥腳！」

這時他啃著的羊腿已只剩下一根骨頭，可是還在戀戀不捨的又咬又舔，似乎其味無窮，望著天邊重重疊疊的雲層，說道：「這雲好不古怪，只怕要變天呢！」又見湖面上水氣瀰漫，用力吸了幾口氣，搖搖頭道：「好氣悶！」轉頭對黃藥師道：「藥兄，借你閨女給我搥腿成不成？」黃藥師微微一笑。黃蓉走過來坐在洪七公身畔，在他腿上輕輕搥著。洪七公嘆道：「唉，這幾根老骨頭從來沒享過這般福氣！」瞪著郭靖道：「傻小子，你的狗爪子沒給黃老邪打斷罷？」郭靖應了一聲：「是。」坐在另一邊給他搥腿。

柯鎮惡倚著水邊的一株柳樹，一雙無光的眼珠牢牢瞪著黃藥師。他以耳代目，黃藥師在湖邊走來走去，走到東他轉頭跟到東，走到西也跟到西。黃藥師並不理會，嘴角邊微帶冷笑。全眞六子與尹志平各自盤膝坐在地下，仍布成天罡北斗之陣，低目垂眉，靜靜用功。歐陽鋒手下的蛇夫在船中取出桌椅酒菜，安放在煙雨樓下。歐陽鋒背向衆人，飲酒吃菜，凝思洪七公中了自己沉重之極的掌力之後，何以能得迅速康復。

其時天氣悶熱，小蟲四下亂飛，湖面上白霧濛濛。洪七公道：「我大腿骨發酸，非有大風雨不可，明天中秋若有月亮，老子把大腿砍了給你們。」斜眼看靖蓉兩人，見他們眼光始終互相避開，從沒對望一次，他生性爽直，見了這般尷尬之事，心裏怎彆得住？但問了幾次，兩人支支吾吾的總是不答。

洪七公高聲向黃藥師道：「藥兄，這南湖可還有個甚麼名稱？」黃藥師道：「又叫作鴛鴦湖。」洪七公道：「好啊！怎麼在這鴛鴦湖上，你女兒女婿小兩口鬧彆扭，老丈人也不給勸勸？」

郭靖一躍而起，指著黃藥師道：「他……他……害死了我五位師父，我怎麼還能叫他丈人？」黃藥師冷笑道：「希罕麼？江南七怪沒死淸，還剩一個臭瞎子。我要叫他也活不過明天……」柯鎭惡沒等他說完，已縱身撲將過去。郭靖搶在頭裏，竟後發先至。黃藥師還了一招，雙掌相交，蓬的一聲，將郭靖震得倒退兩步。

洪七公喝道：「我說過別動手，老叫化說話當眞是放屁麼？」

郭靖不敢再上，恨恨的瞪視黃藥師。洪七公道：「黃老邪，江南六怪英雄俠義，你幹麼殺害無辜？老叫化瞧著你這副樣兒挺不順眼。」黃藥師道：「我愛殺誰就殺誰，你管得著麼？」黃蓉叫道：「爹，他五個師父不是你害死的，我知道。你說不是你害的。」

黃藥師在月光下見女兒容色憔悴，不禁大爲愛憐，橫眼向郭靖一瞪，見到他滿臉殺氣，心腸又復剛硬，說道：「是我殺的。」黃蓉哽咽道：「爹，你爲甚麼硬要自認殺人？」黃藥師大聲道：「世人都說你爹邪惡古怪，你難道不知？邪人難道還會做好事？

天下所有的壞事都是你爹幹的。」

歐陽鋒哈哈大笑，朗聲道：「藥兄這幾句話眞是痛快之極，佩服，佩服。」舉起酒杯一飲而盡，說道：「藥兄，兄弟送你一件禮物。」右手微揚，將一個包袱擲了過去。他與黃藥師相隔數丈之遙，但隨手揮擲，包袱便破空而至，旁觀衆人均感駭異。

黃藥師接在手中，觸手似覺包中是個人頭，打將開來，赫然是個新割下的首級，頭戴方巾，頦下有鬚，面目卻不相識。歐陽鋒笑道：「兄弟今晨西來，在一所書院歇足，聽得這腐儒在對學生講書，說甚麼要做忠臣孝子，兄弟聽得厭煩，將這腐儒殺了。你我東邪西毒，可說是臭味相投了。」說罷縱聲長笑。

黃藥師臉上色變，說道：「我平生最敬的是忠臣孝子。」俯身抓土成坑，將那人頭埋下，恭恭敬敬的作了三個揖。歐陽鋒討了個沒趣，哈哈笑道：「黃老邪徒有虛名，原來也是個爲禮法所拘之人。」黃藥師凜然道：「忠孝仁義乃大節所在，並非禮法！」

一言甫畢，半空突然打了個霹靂。衆人一齊抬頭，只見烏雲遮沒了半爿天，眼見雷雨即至。便在此時，只聽得鼓樂聲喧，七八艘大船在湖中划來，船上掛了紅燈，船頭豎著「肅靜」「迴避」的硬牌，一副官宦的氣派。

注：北斗七星即西方天文學中的大熊星座七星，道家稱爲天罡。其中天樞、天璇、天璣、天權四星爲斗魁，玉衡、開陽、搖光（又稱瑤光）三星爲斗柄。如下圖：

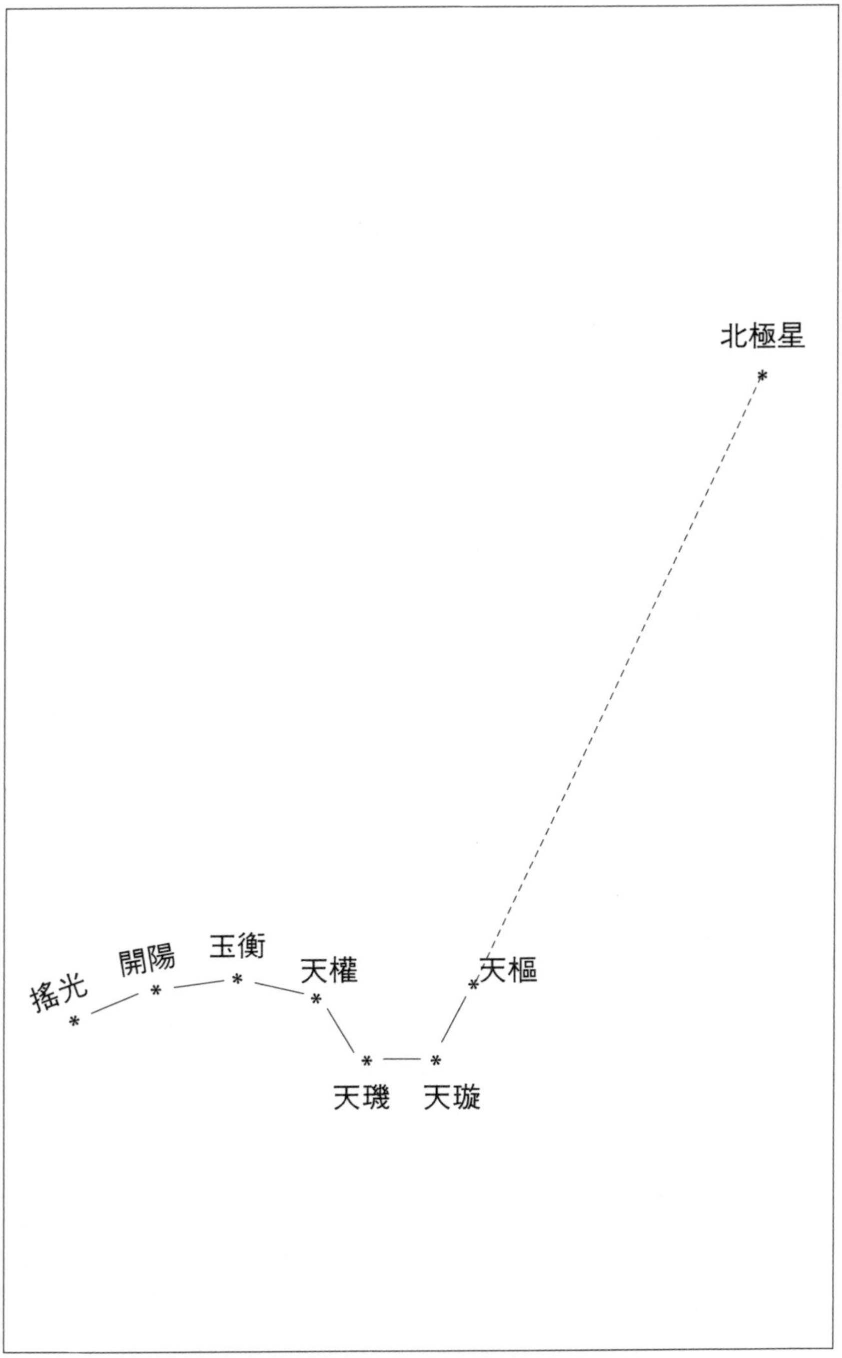

北極星
搖光 開陽 玉衡 天權 天樞
天璣 天璇

兩名官軍被迫抬著柯鎮惡趕路。黃蓉揮動竹棒，不住向兩人鞭打。行到傍晚，來到鐵槍廟前。廟旁高塔上羣鴉築巢，幾千隻烏鴉在空中飛鳴來去。

# 第三十五回　鐵槍廟中

船靠岸邊，走上二三十人，彭連虎、沙通天等均在其內。最後上岸的一高一矮，高的是大金國趙王完顏洪烈，矮的是鐵掌幫幫主裘千仞。完顏洪烈恃有歐陽鋒、裘千仞兩人出馬，這番比武有勝無敗，竟親自再下江南。

黃蓉指著裘千仞道：「爹，女兒曾中了這老兒一掌，險些送了性命。」黃藥師在歸雲莊及牛家村外見過裘千仞出醜，卻不知是裘千丈冒充，心想憑他這點微末道行，怎能把女兒打傷，頗覺奇怪。這時歐陽鋒已與完顏洪烈等人會在一起，低聲計議。

過了半晌，歐陽鋒走到洪七公身前，說道：「七兄，待會比武，你兩不相助，這可是你親口說過的？」洪七公心想：「我是有心無力，要助也無從助起。」答道：「甚麼待會不待會的，我是說八月十五。」歐陽鋒道：「就是這樣。藥兄，全眞派與江南七怪不識好歹，向你泰山頭上動土，你是一代宗主，跟這些人動手失了身分，待兄弟給你打發，你只袖手旁觀如何？」

黃藥師眼看雙方陣勢：洪七公倘不出手，全眞諸子勢必盡遭歐陽鋒毒手，全眞派不免就此覆滅；要是郭靖助守「天璇」，歐陽鋒就不是北斗陣對手；但如這傻小子仍一味跟自己糾纏，形勢又自不同，心想：「郭靖這小子乳臭未乾，乃蠢笨少年，全眞一派的存亡禍福卻繫於他一念之間，王重陽地下有知，也只有苦笑了。」

歐陽鋒見他神色漠然，不答自己的問話，心想時機稍縱即逝，倘若老頑童周伯通到來，那可不易對付，長嘯一聲，叫道：「大家動手啊，還等甚麼？」洪七公怒道：「你是說人話還是放狗屁？」歐陽鋒向天上一指，笑道：「子時早過，現下已是八月十五清晨了。」洪七公抬起頭來，只見月亮微微偏西，一半爲烏雲遮沒，果然已是子末丑初。歐陽鋒蛇杖點處，斗然間襲到了丘處機胸前。

全眞六子見大敵當前，彭連虎等在旁虎視眈眈，心想今日只要稍有不愼，勢必一敗塗地，當下抖擻精神，全力與歐陽鋒周旋，只接戰數合，六人不禁暗暗叫苦。這時西毒有意要在衆人之前逞威，施展的全是凌厲殺手。丘處機、王處一等奮力抵擋，只因陣法不全，每一招都接得十分吃力。

黃蓉見郭靖怒視父親，只礙著洪七公，遲遲不敢出手，靈機一動，說道：「整日價嚷甚麼報仇雪恨，哼，當眞殺父仇人到了，卻又害怕。」郭靖爲她一言提醒，瞪了她一眼，心想：「先殺金狗，再找黃藥師不遲。」拔出金刀，向完顏洪烈直奔過去。

沙通天與彭連虎同時搶上，擋在完顏洪烈面前。郭靖金刀反腕斜砍，彭連虎舉起判官雙筆封架，錚的一響，只震得虎口發麻，郭靖卻已搶過二人。沙通天疾施「移形換位」，沒將他擋住，忙飛步追去。靈智上人與梁子翁各挺兵刃攔截。

郭靖閃過梁子翁發出的兩枚透骨釘，雙手連刀帶掌，使一招「羝羊觸藩」，和身衝將過去。梁子翁見來勢凌厲，忙臥地滾避。靈智上人身軀肥大，行動不便，又想自己若也閃開，敵人便搶到趙王爺面前，當即舉起雙鈸強擋他這一招，噹噹兩聲大響，雙鈸爲掌力震得飛向半空，郭靖的掌風卻又迎面劈到。靈智上人自恃掌力造詣深厚，兼之手上有毒，當即揮掌拍出，斗覺胸口氣窒，臂膀酸麻，手掌軟軟垂下，腕上關節已給震脫，毒掌功夫竟半點沒能使上。靈智不明所以，旣無靈，又無智，頭腦中一團混亂，呆立不動。郭靖此時若乘勢補上一掌，立時便要了他性命，但他志在擊殺完顏洪烈，更不向靈智上人多瞧一眼。兩面大銅鈸從空中黃光閃閃的先後落將下來。噹的一聲大響，第一面銅鈸正中靈智上人頭頂，幸好是平平跌落，否則鈸邊鋒利如刀，勢須將他的光頭一分爲二，跟著又是噹的一聲，這一次更加響亮，卻是第二面銅鈸落下，雙鈸互擊，響聲嗡嗡不絕，從湖面上遠遠傳送出去。

完顏洪烈見郭靖足不停步的連過四名高手，倏忽間搶到面前，不禁大駭，叫聲：「啊也！」拔步飛奔。郭靖揮刀趕去，只追出數步，眼前黃影閃動，雙掌從斜刺裏拍到。郭靖側身避過，金刀戳出，身子卻爲來掌帶得一晃，忙踏上一步，見敵人正是鐵掌幫幫主裘千仞。郭靖知他武功在自己之上，顧不得再追殺仇人，當下右刀左掌，凝神接戰。

彭連虎見郭靖爲裘千仞擋住，梁子翁與沙通天雙雙守衛完顏洪烈，險境已過，縱到柯鎭惡身前，笑問：「柯大俠，怎麼江南七怪只來了一怪？」

柯鎭惡的鐵杖給黃蓉甩入南湖，耳聽得敵人出言奚落，揮手發出一枚鐵菱，隨即後躍。月色朦朧下鐵菱來勢勁急，彭連虎吃過這劇毒暗器的大苦頭，當眞是驚弓之鳥，不敢揮判官筆去擋擊，挺雙筆在地下急撐，憑空躍起，嗤的一聲，鐵菱剛好從腳底擦過。他見柯鎭惡手中沒兵刃，一咬牙，提筆疾上。

柯鎭惡足有殘疾，平時行走全靠鐵杖撐持，聽得敵人如風而至，只得勉力再向旁躍開兩步，落地時左足酸軟，險些摔倒。彭連虎大喜，左筆護身，防他突施絕招反擊，右筆便往他背心猛砸而下。柯鎭惡聽聲辨形，打滾避開。彭連虎的鑌鐵判官筆打在地下石上，濺起數點火星，罵道：「賊瞎子，恁地奸滑！」左筆跟著遞出。

柯鎭惡又是一滾，嗤的一聲，還了一枚鐵菱。靈智上人左手捧著右手手腕，正自嘰哩咕嚕的罵人，陡見柯鎮惡滾到身旁，便提腳踹落。柯鎮惡聽得風聲，左手在地下一撐，斜斜竄出。他避開了靈智這一踹，再躲不開雙筆齊至，只覺後心一痛，暗叫不好，只得閉目待死，卻聽一聲嬌叱：「去罷！」接著一聲：「啊唷！」隨即蓬的一聲。原來黃蓉使打狗棒法帶住鐵筆，順勢旁甩，摔了彭連虎一交。這棒法便是適才甩去柯鎮惡鐵杖那一招，只彭連虎緊抓兵刃，說甚麼也不肯脫手，便連人帶筆一齊摔出。

彭連虎又驚又怒，爬起身來，見黃蓉使開竹棒護著柯鎮惡，讓他站起。柯鎮惡罵道：「小妖女，誰要你救我？」黃蓉叫道：「爹，你照顧這瞎眼渾人，別讓人傷了。」說著奔去相助郭靖，雙戰裘千仞。柯鎮惡呆立當地，一時迷茫不知所措。

彭連虎見黃藥師站得遠遠的，背向自己，似乎沒聽到女兒的話，悄悄掩到柯鎮惡身後，判官筆斗然打出。這一招狠毒迅猛，兼而有之，即令柯鎮惡眼能見物，鐵杖在手，也未必招架得了，眼見得手，突聽嗤的一聲，一物破空飛至，撞在他筆上，炸得粉碎，卻是小小一粒石子。這一下只震得他虎口疼痛，鐵筆摔落。彭連虎大吃一驚，不知此石從何而至，怎地勁力大得這般出奇，但見黃藥師雙手互握，放在背後，頭也不回的望著天邊烏雲。

柯鎮惡在歸雲莊上聽到過這彈指神通的功夫，知是黃藥師出手相救，反而怒火大熾，向他身後猛撲過去，叫道：「七兄弟死賸一個，留著何用？」黃藥師仍不回頭，待他欺近背心尚有三尺，左手向後輕輕揮出。柯鎭惡但覺一股大力推至，不由自主的仰天坐倒，氣血翻湧，站不起身。

此時天空愈黑，湖上迷迷濛濛的起了一陣濃霧，湧上土洲，各人雙腳都已沒入霧中。郭靖得黃蓉相助，已與裘千仞戰成平手。那邊全眞派卻迫蹙異常，郝大通腿上給蛇杖掃中，孫不二的道袍給撕去了半邊。王處一暗暗心驚，情知再鬥下去，不多時己方必有人非死即傷，乘著馬鈺與劉處玄前攻之際，從懷中取出一個流星點起，嘶的一聲，一道光芒劃過長空。

全眞七子每人均收了不少門徒，教中第三代弟子人數衆多，除尹志平外，如李志常、張志敬、王志坦、祁志誠、張志僊、趙志敬、甄志丙、宋德方等均是其中的佼佼者。這次嘉興煙雨樓比武，七子深恐彭連虎、沙通天等攜帶大批門徒嘍囉倚多爲勝，命不少門下弟子也隨來嘉興，要他們候在南湖之畔，若見流星升起，便趕來應援。這時王處一見局面不利，便放出流星。但突然間大霧瀰漫，相隔數尺便即人形難辨，只怕衆弟子未必能衝霧而至。

再鬥一陣，白霧愈重，各人裹在濕氣之中都感窒悶。天上黑雲也越積越厚，穿過雲層透射下來的月光漸漸微弱，終於全然消失。衆人各自驚心，雖不罷鬥，卻互相漸離漸遠，出招之際護身多而相攻少。

郭靖、黃蓉雙鬥裘千仞，突然一陣濃霧湧到，夾在三人之間。郭靖見裘黃二人身形忽隱，當即抽身去尋完顏洪烈。

他睜大雙目，要找完顏洪烈頭頂金冠的閃光，但大霧密密層層，看不出三尺之外，正東奔西突尋找間，忽聽霧中一人叫道：「我是周伯通，誰找我打架啊？」郭靖大喜，要待答話，丘處機已叫了起來：「周師叔，你老人家好啊？」

就在此時，烏雲中露出一個空隙，各人突見敵人原來近在咫尺，一出手就可傷到自己，不約而同的驚叫後躍。

周伯通笑嘻嘻的站在眾人之間，高聲說道：「人這麼多啊，熱鬧得緊，妙極，妙極！」右手在左臂彎裏推了幾下，搓下一團泥垢，說道：「給你吃毒藥！」往身旁沙通天嘴裏塞去。沙通天急閃，饒是他移形換位之術了得，仍沒能閃開，給周伯通左手揪住，將泥垢塞入了口中。他吃過老頑童的苦頭，知道倘若急忙吐出，勢須挨一頓飽打，只得悶聲不響的含在口裏，料知此丸無毒，倒也並不害怕。

王處一見周伯通突然到來，大喜過望，叫道：「師叔，原來你當眞沒給黃島主害死。」周伯通怒道：「誰說我死了？黃老邪一直想害我，十多年來從沒成功。哈，黃老邪，你倒再試試看。」說著揮拳向黃藥師肩頭打去。

黃藥師不敢怠慢，還了一招桃華落英掌，叫道：「全眞敎的雜毛老道怪我殺了你，跟我纏夾不清，說是要爲你報仇。」周伯通怒道：「你殺得了我？別吹牛！我幾時給你殺死過了？好纏夾不清，你瞧清楚了，我是老頑童呢還是老頑鬼？」越打越快。黃藥師見他不可理喻，眞正纏夾不清的倒是此公，但出招卻精妙奇幻，只得全力接戰。

全眞諸子滿以爲師叔一到，他與黃藥師就可聯手對付歐陽鋒，那知這位師叔不會聽話，霎時之間與黃藥師鬥了個難解難分。馬鈺連叫：「師叔，別跟黃島主動手！」歐陽鋒接口道：「對，老頑童，你決不是黃老邪敵手，快逃命要緊。快逃，快逃！」周伯通爲他一激，越加不肯罷手。

黃蓉叫道：「老頑童，你用九陰眞經上的功夫與我爹爹過招，你師兄在九泉之下怎生說？」周伯通哈哈大笑，得意之極，說道：「你瞧我使的是經上功夫麼？我費了好大勁兒才把經文忘記了。嘿嘿，學學容易，忘記可麻煩啦！我使的是七十二路空明拳，雙手分搏頑童拳，老頑童自己想出來的，跟九陰眞經有屁相干？」

黃藥師在桃花島上與他動手之時，覺到他拳腳勁力大得出奇，這時見他拳法雖極精奇，勁力卻已較前減弱，只堪堪與自己打了個平手，正自奇怪，聽他這麼說，不禁暗暗納悶，不知他使了甚麼希奇古怪法子，竟能將一門上乘武功硬生生從心裏忘記了去。

歐陽鋒從霧中隱約見到周伯通與黃藥師鬥得緊急，暗自心喜，但又怕他打敗黃藥師後便與全眞諸子聯手對付自己，心想乘此良機，正好先破北斗陣，當下揮動蛇杖，著著進擊，北斗陣頃刻間險象環生。王處一與劉處玄大叫：「周師叔，先殺歐陽鋒！」

周伯通見眾師姪情勢危急，於是左掌右拳，橫劈直攻，待打到黃藥師面前時，忽地哈哈一笑，拳變掌，掌成拳，橫直互易。黃藥師萬料不到他出此怪招，急伸臂相格時，眉梢已給他掌尖拂中，雖未受傷，卻熱辣辣的一陣疼痛。周伯通一掌拂中對方，倏地驚覺，左手啪的一聲，在自己右腕上打了一記，罵道：「該死，該死，這是九陰眞經中的功夫！」黃藥師微微一怔，手掌已遞了出去，這一招也快速無倫，無聲無息的在周伯通肩上一拍。周伯通彎腰沉肩，叫聲：「哎唷！報應得好快。」

濃霧瀰漫，越來越難見物。郭靖怕兩位師父遭逢不測，伸手扶起柯鎭惡，挽著他臂膀走到洪七公身旁，低聲道：「兩位師父且到煙雨樓上歇歇，等大霧散了再說。」

黃蓉叫道：「老頑童，你聽不聽我話？」周伯通道：「我打不贏你爹爹，你放心。」黃蓉叫道：「我要你快去打老毒物，可不許殺了他。」周伯通道：「爲甚麼？」他口中不停，拳腳上絲毫不緩。黃蓉叫道：「你不聽我吩咐，我可要將你的臭史抖出來啦。」周伯通道：「甚麼臭史？胡說八道。」黃蓉拖長了聲音道：「好，四張機，鴛鴦織就欲雙飛。」這兩句話只把周伯通嚇得魂飛魄散，忙道：「行，行，聽你話就是。老毒物，你在那裏？」只聽馬鈺的聲音從濃霧中透了出來：「周師叔，你佔北極星位圍他。」

黃蓉又道：「爹，這裘千仞私通番邦，是個大大奸賊，快殺了他。」黃藥師道：

「孩子，到我身邊來。」重霧之中，卻不見裘千仞到了何處。但聽得周伯通哈哈大笑，叫道：「老毒物，快跪下來給你爺爺磕頭，今日才饒你性命。」

郭靖將洪柯二人送到樓邊，回身又來尋找完顏洪烈，豈知適才只到煙雨樓邊這一轉身，不但完顏洪烈影蹤不見，連沙通天、裘千仞等也已不知去向，但聽得周伯通叫道：「咦，老毒物呢？逃到那裏去啦？」

此時濕霧濃極，實是罕見的異象，雖是中秋，卻星月無光。各人互相近在身畔，卻不見旁人面目，只影影綽綽的見到些模糊人形，說話聲音聽來也重濁異常，似是相互間隔了甚麼東西。衆人都屢經大敵，但這時斗然間均似變了瞎子，心中無不惴惴。黃蓉靠在父親身旁，馬鈺低聲發施號令，縮小陣勢。人人側耳傾聽敵人動靜。

一時之間，四下裏寂靜無聲。過了一會，丘處機忽然叫道：「聽！這是甚麼？」只聽得周圍嗤嗤嘘嘘，異聲自遠而近。

黃蓉驚叫：「老毒物放蛇，眞不要臉！」洪七公在樓頭也已聽到，高聲叫道：「老毒物布蛇陣，大夥快到樓上來。」周伯通的武功在衆人中算得第一，可是他生平怕極了蛇，發一聲喊，搶先往煙雨樓狂奔。他怕毒蛇咬自己腳跟，樓梯也不敢上了，施展輕功躍上樓去，料想毒蛇不會躍高追咬，他坐在樓頂最高的屋脊之上，兀自心驚膽戰。

過不多時，蛇聲愈來愈響。黃蓉拉著父親的手奔上煙雨樓。全眞諸子手牽著手，摸索上樓。尹志平踏了個空，一個倒栽葱摔了下去，跌得頭上腫了個大瘤，忙爬起來重新搶上。

黃蓉沒聽到郭靖聲音，心中掛念，叫道：「靖哥哥，你在那裏？」叫了幾聲，不聽答應，更是擔心，說道：「爹，我去找他。」只聽郭靖冷冷的道：「何必你找？以後你也不用叫我。我不會應你的！」原來他就在身邊。

黃藥師大怒，罵道：「渾小子，臭美麼？」橫臂就是一掌。郭靖低頭避開，正要還手，卻聽颼颼箭響，幾枝長箭騰騰騰的釘上了窗格。眾人吃了一驚，只聽得四下裏喊聲大作，羽箭紛紛射來，黑暗中不知有多少人馬，又聽得樓外人聲喧嘩，高叫：「莫走了反賊！」

王處一怒道：「定是金狗勾結嘉興府貪官，點了軍馬來對付咱們！」丘處機叫道：「衝下去殺他個落花流水。」郝大通叫道：「不好，蛇，蛇！」眾人聽得箭聲愈密，蛇聲愈近，才知完顏洪烈與歐陽鋒暗中安排下了毒計，但這場大霧卻不在眾人意料之中。洪七公叫道：「擋得了箭，擋不了蛇；避得了蛇，又避不了箭！大夥兒快退。」只聽周伯通在樓頂破口大罵毒蛇，雙手接住了兩枝長箭，不住撥打來箭。

那煙雨樓三面臨水。官軍乘了小舟圍著煙雨樓放箭，只因霧大，一時卻也不敢逼近。洪七公叫道：「咱們向西，從陸路走。」他是天下第一大幫會的首領，隨口兩下呼喝，自有一股威勢。混亂之中，衆人都依言下樓，摸索而行，苦在睜目瞧不出半尺，那裏還辨東西南北？只得揀箭少處行走，各人手拉著手，只怕迷路落單。

丘處機、王處一手持長劍，當先開路，雙劍合璧，舞成一團劍花，抵擋箭雨。

郭靖右手拉著洪七公，左手伸出去與人相握，觸手處溫軟細膩，握到的卻是黃蓉的小手。他心中一怔，急忙放下，只聽黃蓉冷冷的道：「誰要你來睬我？」

猛聽得丘處機叫道：「快回頭，前面遍地毒蛇，闖不過去！」黃藥師與馬鈺殿後，阻擋追兵，聽到丘處機叫聲，急忙轉頭。黃藥師折下兩根竹枝，往外掃打。煙霧中只聽得蛇聲吱吱，一股腥臭迎面撲來。黃蓉忍耐不住，哇的一聲，嘔了出來。黃藥師嘆道：「四下無路可走，大家認了命罷！」擲下竹枝，把女兒橫抱在手。

以衆人武功，官兵射箭原本擋不住去路，但西毒的蛇陣中毒蛇成千成萬，只要給咬上一口，立時便送了性命。衆人聽到蛇聲，無不毛骨悚然。黃藥師玉簫已折，洪七公鋼針難施，最難的還是大霧迷濛，目不見物，雖有路可逃，也無從尋找。

正危急間，忽聽一人冷冷的道：「小妖女，竹棒給我瞎子。」卻是柯鎮惡的聲音。黃蓉聽他說到「瞎子」二字，即明其意，心中一喜，忙將打狗棒遞了過去。柯鎮惡不動聲色，接棒點地，說道：「大夥兒跟著瞎子逃命罷！煙雨樓邊向來多煙多霧，有啥希奇？否則又怎會叫作煙雨樓？」

他是嘉興本地人，於煙雨樓旁所有大道小路自幼便皆爛熟於胸，他雙目盲了，平時不及常人，這時大霧瀰漫、烏雲滿天，衆人伸手不見五指，對他卻毫無障礙。他辨察蛇嘶箭聲，已知西首有條小路並無敵人，便一蹺一拐的領先衝出。豈知這小路近數年來種滿青竹，其實已無路可通。柯鎮惡幼時熟識此路，數十年不來，卻不知小路已成竹林，只走出七八步便竹叢擋道，無法通行。丘處機、王處一雙劍齊出，竹桿紛紛飛開，衆人隨後跟來。馬鈺大叫：「周師叔，快來，你在那裏？」周伯通坐在樓頂，聽得四周都是蛇聲，那敢答應？只怕毒蛇最愛咬的便是老頑童身上之肉，若給羣蛇聽到自己聲音，那還了得？

衆人行出十餘丈，竹林已盡，前面現出小路，耳聽得蛇聲漸遠，但官軍吶喊聲卻愈來愈響，似是有人繞道從旁包抄。羣雄怕的只是蛇羣，區區官軍怎放在眼內。劉處玄道：「郝師弟，你我去衝殺一陣，殺幾名狗官出氣。」郝大通應道：「好！」兩人提劍欲上，突然箭如蝗至，兩人忙舞劍擋架。

再走一會，已至大路，電光亂閃，霹靂連響，大雨傾盆而下，只一陣急雨，霧氣轉瞬間給沖得乾乾淨淨，雖仍烏雲滿天，但人影已隱約可辨。衆人都道：「好了，好了，大霧可散啦。」柯鎮惡道：「危難已過，各位請便。」將竹棒遞給黃蓉，頭也不回的逕向東行。

郭靖叫道：「師父！」柯鎮惡道：「你先送洪老俠往安穩處所養傷，再到柯家村來尋我。」郭靖應道：「是！」

黃藥師接住一枝射來的羽箭，走到柯鎮惡面前，說道：「若非你今日救我性命，我也不願對你明言……」柯鎮惡不待他話完，迎面一口濃痰，向他臉孔正中吐去，罵道：「今日之事，我死後沒面目對六位兄弟！」人聲嘈雜，黃藥師湊近他身子說話，兩人相距不到一尺，這口痰突如其來，全沒防備，黃藥師一側頭，這口痰有一半碰到了他面頰。黃藥師大怒舉掌。郭靖見狀大驚，飛步來救，心想這一掌拍了下去，大師父那裏還有性命？

他與柯黃二人相距十餘步，眼見相救不及，微光中卻見黃藥師舉起了的手緩緩放下，哈哈一笑，說道：「我黃藥師是何等樣人，豈能跟你這等人一般見識？」舉袖抹去臉上痰沫，轉身向黃蓉道：「蓉兒，咱們走罷！」郭靖聽了他這幾句話，心下大疑，疑心甚麼卻模糊難明，只隱隱覺得有甚麼事情全然不對，霎時之間，又如眼前出現了一團濃霧。

猛聽得喊聲大作，一羣官兵衝殺過來。全真六子各挺長劍，殺入陣去。

黃藥師不屑與官兵動手，回身挽著洪七公手臂，說道：「七兄，咱們老兄弟到前面喝幾杯再說。」洪七公正合心意，笑道：「妙極，妙極！」轉瞬間兩人沒入黑暗之中。

郭靖欲去相扶柯鎮惡，一小隊官兵已衝到跟前。他不欲多傷人命，伸雙臂不住將官兵推開。混亂中聽得丘處機等大呼酣鬥，官兵隊中雜著完顏洪烈帶來的金兵，還有裘千仞手下的鐵掌幫衆，強悍殊甚，一時殺不退，郭靖怕師父在亂軍中遭害，大叫：「大師父，大師父，你在那裏？」這時廝殺聲亂成一片，始終不聞柯鎮惡答應。

黃蓉從柯鎮惡手中接過竹棒後，便一直在他身旁，見他唾吐父親，爭端又起，心想這事鬧到這個地步，一生美夢，總是碎成片片了。此後軍馬衝殺過來，她卻倚樹悄然站立，大隊兵馬在她身旁奔馳來去，她恍似不聞不見，只呆呆出神，忽聽得「啊喲」一聲呼叫，正是柯鎮惡口音。她循聲望去，見他倒在路邊，一名軍官舉起長刀，向他後心砍落。

柯鎮惡滾地避開，坐起身子回手一拳，將那軍官打得昏了過去，剛挺腰想要站起，又即摔倒。黃蓉奔近看時，原來他腿上中了一箭，當下拉住他臂膀扶起。柯鎮惡使力摔脫她手，可是他一足本跛，另一足中箭後酸軟無力，身子搖晃幾下，向前撲出，又要跌倒。黃蓉伸右手抓住他後領，冷笑道：「逞甚麼英雄好漢？」左手輕揮，已使「蘭花拂穴手」拂中了他右肩「肩貞穴」，這才放開他衣領，抓住他左臂。柯鎮惡待要掙扎，但半身酸麻，動彈不得，只得任由她扶住，不住喃喃咒罵。

黃蓉扶著他走出十餘步，躲在一株大樹背後，只待喘息片刻再行，官兵忽然見到二人，十餘枝羽箭颼颼射來。黃蓉搶著擋在前面，舞竹棒護住頭臉，羽箭都射在她軟蝟甲上。柯鎮惡聽著箭聲，知她以身子爲自己擋箭，心中一軟，低聲道：「你不用管我，自己逃罷！」黃蓉哼了一聲，道：「我偏要救你，偏要你承我的情。瞧你有甚麼法子？」二人邊說邊行，避到了一座矮牆之後。羽箭已不再射來，但柯鎮惡身子沉重，黃蓉只累得心跳氣喘，沒奈何倚牆稍息。柯鎮惡嘆道：「罷罷罷，你我之間，恩怨一筆勾銷。你去罷，柯瞎子今後算是死了。」黃蓉冷冷的道：「你明明沒死，幹麼算是死了？你不找我報仇，我偏要找你。」竹棒倏伸倏縮，點中了他雙腿彎裏的兩處「委中穴」。這一下柯鎮惡全沒防備，登時委頓在地，暗暗自罵胡塗，不知這小妖女要用甚麼惡毒法兒折磨自己，心中急怒交迸，只聽得腳步細碎，她已轉出矮牆。

這時廝殺之聲漸遠漸低，似乎全眞諸子已將這一路官兵殺散，人聲遠去之中，隱隱又聽得郭靖在大叫「大師父」，呼聲越來越遠，想是找錯了方向，待要出聲招呼，自己傷後中氣不足，料來他也難聽見。又過片刻，四下一片寂靜，遠處公鷄啼聲此起彼和。柯鎮惡心想：「這是我最後一次聽到鷄啼了！明天嘉興府四下裏公鷄仍一般啼鳴，我卻已死在小妖女手下，再也聽不到了。」

想到此處，忽聽腳步聲響，有三人走來，一人腳步輕巧，正是黃蓉，另外兩人卻落腳重濁，起步拖沓。只聽黃蓉道：「就是這位大爺，快抬他起來。」說著伸手在他身上推拿數下，解開他被封的穴道。柯鎭惡只覺身子爲兩個人抬起，橫放在一張竹枝紮成的抬床之上，隨即爲人抬起行走。

他大是詫異，便欲詢問，忽想莫再給她搶白幾句，自討沒趣，正遲疑間，只聽嘣的一響，前面抬他的那人「啊喲」叫痛，當是吃黃蓉打了一棒，又聽她罵道：「走快些，哼哼唧唧的幹麼？你們這些當官軍的就會欺侮老百姓，沒個好人！」接著嘣的一響，後面那人也吃了一棒，那人可不敢叫出聲了。

柯鎭惡心想：「原來她去捉了兩名官軍來抬我，也眞虧她想得出這主意。」這時他腿上箭傷越來越疼，只怕黃蓉出言譏嘲，咬緊了牙關半聲不哼，但覺身子高低起伏，知是走上了一條崎嶇的小道。又走一陣，樹枝樹葉不住拂到身上臉上，顯是在樹林之中穿行。兩名官軍跌跌撞撞，呼呼喘氣，但聽黃蓉揮竹棒不住鞭打，只趕得兩人拚了命支撐，一腳高一腳低的努力趕路。

約莫行出三十餘里，柯鎭惡算來已是巳末午初。此時大雨早歇，太陽將濕衣晒得半乾，耳聽得蟬鳴犬吠，田間男女歌聲遙遙相和，一片太平寧靜，比之適才南湖惡鬥，宛似到了另一個世界。

一行人來到一家農家休息。黃蓉向農家買了兩個大南瓜，和米煮了，端了一碗放在柯鎭惡面前。柯鎭惡道：「我不餓。」黃蓉道：「你腿疼，當我不知道麼？甚麼餓不餓的。我偏要你多痛一陣，才給你治。」

柯鎭惡大怒，端起那碗熱騰騰的南瓜迎面潑去，只聽她冷笑一聲，一名官兵大聲叫痛，想是她閃身避開，這碗南瓜都潑在官兵身上。黃蓉罵道：「嚷嚷甚麼？柯大爺賞南瓜給你吃，不識抬舉嗎？快吃乾淨了。」那官兵給她打得怕了，肚中確也飢餓，當下忍著臉上燙痛，拾起地下南瓜，一塊塊的吃了下去。

這一來，柯鎭惡當眞惱也不是，笑也不是，半站半坐的倚在一隻板凳邊上，心下極爲尷尬，要待伸手去拔箭，卻怕創口中鮮血狂噴，她當然見死不救，多半還會嘲諷幾句。正自沉吟，聽黃蓉說道：「去倒一盆清水來，快快！」話剛說完，啪的一聲，淸淸脆脆的打了一名官兵一個耳括子。柯鎭惡心道：「小妖女不說話則已，一開口，總是叫人吃點苦頭。」

黃蓉又道：「拿這刀子去，給柯大爺箭傷旁的下衣割開。」一名官兵依言割了。黃蓉道：「姓柯的，你有種就別叫痛，叫得姑娘心煩，可給你來個撒手不理。」柯鎭惡怒道：「誰要你理了？快給我滾得遠遠的。」話未說完，突覺創口一陣劇痛，顯是她拿住箭桿，反向肉裏揷入。柯鎭惡又驚又怒，順手一拳，創口又是一下劇痛，手裏卻多了一枝長箭。原來黃蓉已將箭枝拔出，塞在他手裏。

只聽她說道：「再動一動，我打你老大個耳括子！」柯鎭惡知她說得出做得到，眼前不是小妖女的對手，給她一刀殺了，倒也乾淨爽脆，但如讓她打上幾個耳括子，臨死之前卻又多蒙一番恥辱，當下鐵青著臉不動，聽得嗤嗤聲響，她撕下幾條布片，在他大腿的創口上下用力縛住，止住流血，又覺創口一陣冰涼，知她在用清水洗滌。

柯鎮惡驚疑不定，尋思：「她若心存惡念，何以反來救我？倘說並無歹意，哼，哼，桃花島妖人父女還能安甚麼好心？定是她另有毒計。唉，這種人詭計百出，要猜她的心思委實千難萬難。」轉念之間，黃蓉已在他傷處敷上金創藥，包紮妥當；只覺創口清涼，疼痛減了大半，腹中卻餓得咕嚕咕嚕的響了起來。

黃蓉冷笑道：「我道是假餓，原來當真餓得厲害，現下可沒甚麼吃的啦，好罷，走啦！」啪啪兩響，在兩名官軍頭上各擊一棒，押著兩人抬起柯鎮惡繼續趕路。

又走三四十里，天已向晚，只聽得鴉聲大噪，千百隻烏鴉在空中飛鳴來去。

柯鎮惡聽得鴉聲，已知到了鐵槍廟附近。那鐵槍廟祀奉的是五代時名將鐵槍王彥章。廟旁有座高塔，塔頂羣鴉世代爲巢，當地鄉民傳說鐵槍廟的烏鴉是神兵神將，向來不敢侵犯，以致生養繁殖，越來越多。

黃蓉問道：「喂，天黑啦，到那裏投宿去？」柯鎮惡尋思：「若投民居借宿，只怕洩漏風聲，引動官兵捉拿。」說道：「過去不遠有座古廟。」黃蓉罵道：「烏鴉有甚麼好看？沒見過麼？快走！」這次不聞棒聲，兩名官軍卻又叫痛，不知她是指戳還是足踢。

不多時來到鐵槍廟前，柯鎮惡聽黃蓉踢開廟門，撲鼻聞到一陣鴉糞塵土之氣，似乎廟中久無人居，只怕她埋怨嫌髒，那知她竟沒加理會。耳聽她命兩名官軍將地下打掃乾淨，又命兩人到廚下去燒熱水；耳聽她輕輕唱著小曲，甚麼「鴛鴦雙飛」，又是甚麼「未老頭白」的。過了一會，官軍燒來了熱水。黃蓉先爲柯鎮惡換了金創藥，這才自行洗臉洗腳。

柯鎮惡躺在地下，拿個蒲團當作枕頭，忽聽她罵道：「你瞧我的腳幹麼？我的腳你也瞧得的？挖了你一對眼珠子！」那官軍嚇得魂不附體，咚咚咚的直磕響頭。黃蓉道：「你說，你幹麼眼睁睁的瞧著我洗腳？」那官軍不敢說謊，磕頭道：「小的該死，小的見姑娘一雙腳雪白粉嫩……生得好看，腳趾甲紅紅的……像觀音菩薩……」

柯鎮惡一驚，心想：「這賊廝鳥死到臨頭，還起色心！小妖女不知要抽他的筋，還是剝他的皮。」那知黃蓉笑道：「你這蠢才見過觀音菩薩的腳嗎？」砰的一聲，伸棒絆了他一個觔斗，居然沒再追究。兩名官軍躲向後院，再也沒敢出來。

柯鎮惡一語不發，靜以待變。只聽黃蓉在大殿上上下下走了一周，說道：「王鐵槍威震當世，到頭來還是落得個爲人所擒，身首異處，又逞甚麼英雄？說甚麼好漢？嗯，這桿鐵槍只怕還當眞是鐵鑄的。」

柯鎮惡幼時常與朱聰、韓寶駒、南希仁、張阿生等到這廟裏來玩耍，那時他眼睛未瞎，幾人雖是孩子，俱都力大異常，輪流抬了那桿鐵槍舞動玩耍，這時聽黃蓉如此說，接口道：「自然是鐵打的，還能是假的麼？」黃蓉「嗯」了一聲，伸手抽起鐵槍，說道：「倒有三十來斤。我弄丟了你的鐵杖，一時也鑄不及賠你。明兒咱們分手，各走各的，你沒兵器防身，暫且就拿這桿槍當鐵杖使罷。」也不等柯鎮惡答話，到天井中拿了一塊大石，砰砰嘭嘭的將鐵槍槍頭打掉，將槍桿遞在他手中。

柯鎮惡自兄長死後，與六個結義弟妹形影不離，此時卻已無一個親人，與黃蓉相處雖只一日，不知不覺之間已頗捨不得與她分離，聽她說到「明兒咱們分手，各走各的」，不禁一陣茫然，迷迷糊糊的接過鐵槍，覺得比用慣了的鐵杖沉了些，卻也將就用得，心想：「她給我兵器，那當真是不存惡意了。」

只聽她又道：「這是我爹爹配製的田七鯊膽散，對你傷口很有好處。你恨極了我父女，用不用在你！」說著遞了一包藥過來。柯鎮惡伸手接了，緩緩放入懷中，想說甚麼話，卻說不出來，只盼她再說幾句，卻聽她道：「好啦，睡罷！」

柯鎮惡側身而臥，將鐵槍放在身旁，心中思潮起伏，那裏睡得著。但聽塔頂羣鴉噪聲漸歇，終於四下無聲，卻始終不聽黃蓉睡倒，聽聲音她一直坐著，動也不動。又過半晌，聽她又輕輕吟道：「四張機，鴛鴦織就欲雙飛。可憐未老頭先白。春波碧草，曉寒深處，相對浴紅衣。」聽她翻覆低吟，似是咀嚼詞中之意。柯鎮惡不通文墨，不懂她吟的甚麼，但聽她語音淒婉，似乎傷心欲絕，竟不覺呆了。

又過良久，聽她拖了幾個蒲團排成一列，側身臥倒，呼吸漸細，慢慢睡熟，柯鎮惡手撫身旁鐵槍，兒時種種情狀，突然清清楚楚的現在眼前。他見到朱聰拿著一本破書，搖頭晃腦的誦讀；韓寶駒與全金發騎在神像肩頭，拉扯神像的鬍子；南希仁與自己併力拉著鐵槍一端，張阿生拉著鐵槍另一端，三人鬥力；韓小瑩那時還只四五歲，拖著兩條小辮子，鼓掌嘻笑。她小辮子上結著鮮紅的頭繩，在眼前一晃一晃的不住搖動。

突然之間，眼前又是漆黑一團。六個結義弟妹，還有親兄長，都先後毀在黃藥師和他門人的手下。胸中一叢仇恨之火，再也難以抑制。

他提著鐵槍，悄沒聲的走到黃蓉身前，只聽她輕輕呼吸，睡得正沉，尋思：「我這麼一槍下去，她就無知無覺的死了。嘿，若非如此，黃老邪武功蓋世，我今生怎能報得深仇？他女兒睡在這裏，正是天賜良機，教他嘗一嘗喪女之痛。」轉念又想：「這女子救我性命，我豈能恩將仇報？咳，殺她之後，我撞死她身旁，以酬今日之情就是。」言念及此，意下已決，心道：「我柯鎮惡一生正直，數十年來無一事愧對天地。此刻於人睡夢之中暗施偷襲，自非光明磊落的行逕，但我一死以報，也對得住她了。」舉起鐵槍，正要向黃蓉當頭猛擊下去，忽聽得遠處有人哈哈大笑，聲音極是刺耳，靜夜之中更令人毛骨悚然。

黃蓉給笑聲驚醒，躍起身來，突見柯鎭惡高舉鐵槍，站在身前，不覺吃了一驚，叫道：「歐陽鋒！」

柯鎭惡聽她驚醒，這一槍再也打不下去，又聽得有數人說著話漸漸行近，隔得遠了，言語卻聽不淸楚。再過片刻，腳步聲也隱隱聽到了，竟有三四十人之多。這廟中前殿後院他無一處不熟，低聲道：「老毒物他們定是見到了鴉塔，向這邊走來，咱們且躲一躲。」黃蓉道：「是。」將睡過的一列蒲團踢散。柯鎭惡牽著她手，走向後殿，伸手推門，通向後殿的門卻給閂上了。柯鎭惡罵道：「這兩個賊官軍！」料想兩名官軍乘黑逃走，怕黃蓉發覺，先行閂上了門。這時已不及舉槍撞門，耳聽得大門爲人推開，知道大殿中無處可以躱藏，低聲道：「神像背後。」

兩人剛在神像後坐定，便有十餘人走入殿中，跟著嗤的一響，柯鎭惡聞到一陣硫磺氣息，知道已有人晃亮火摺。只聽歐陽鋒道：「趙王爺，今日煙雨樓之役雖然無功，但也已大挫敵人的銳氣。」完顏洪烈笑道：「這全仗先生主持全局。」歐陽鋒嘿嘿的笑了數聲，說道：「小王爺安排下妙計，調集嘉興府官兵，萬箭齊發，本可將這批傢伙一網打盡，不料遲不遲，早不早，剛好有這場大霧，卻給羣奸溜了。」

一個年輕的聲音道：「有歐陽先生與裘幫主兩位出馬，羣奸今日雖然逃走，日後終能一一殲滅。只恨晚輩來遲了一步，沒能見到歐陽先生大展神威，可惜之極。」柯鎭惡認得是楊康的聲音，不由得怒火塡膺，又聽梁子翁、彭連虎、沙通天等各出諛言，紛紛奉承歐陽鋒，說他如何獨鬥全眞羣道，殺得衆道士狼狽不堪。各人不提裘千仞，又不聽到此人說話，猜想此人並未同來。

柯鎭惡聽這許多高手羣集於此，連大氣也不敢透一口，適才他要與黃蓉同歸於盡，不知怎的，此時卻又惟恐給敵人發見，傷了黃蓉與自己性命。只聽完顏洪烈的從人打開鋪蓋，請完顏洪烈、歐陽鋒、楊康三人安睡。

楊康長長嘆了口氣，說道：「歐陽先生，令姪武功既高，人品又瀟洒俊雅，晚輩與他投緣得很，只盼從此結成好友，不料他竟爲全眞教衆雜毛所害。晚輩每一想起，心頭難過之極。全眞教那羣惡道，晚輩立誓要一個個親手殺了，以慰歐陽世兄在天之靈。只可惜晚輩武功低微，心有餘而力不足。」他盼歐陽鋒去殺了他師父丘處機以除後患，因此一路上力陳全眞七子如何在牛家村殺死歐陽克，騙得歐陽鋒深信不疑。

歐陽鋒默然良久，緩緩的道：「我姪兒不幸慘死，先前我還道是郭靖這小子下的毒手，適才聽你轉述丘處機之言，方知是全眞教一羣惡道所爲。現今我白駝山已無傳人，我收了你做徒兒罷。」楊康高聲叫道：「師父，徒兒磕頭。」聲音中充滿了喜悅之情，跟著咚咚咚咚幾聲，想是爬在地下向歐陽鋒磕頭。

柯鎮惡心想這人好好一個忠良之後，豈知不但認賊作父，更拜惡人爲師，陷溺愈來愈深，只怕再難回頭了，心中對他愈益卑視。

只聽完顏洪烈道：「客地無敬師之禮，日後再當重謝。」歐陽鋒喟然道：「珍珠寶物，白駝山也有一些，歐陽鋒只瞧著這孩子聰明，盼望我一身功夫將來能有個傳人罷了。」完顏洪烈道：「小王失言，先生勿罪。」梁子翁等紛向三人道喜。

正亂間，忽然一人叫了起來：「傻姑餓了，餓死啦，怎不給我吃的？」

柯鎮惡聽得傻姑叫喊，大是驚詫，心想此人怎會跟完顏洪烈、歐陽鋒等人混在一起。只聽楊康笑道：「對啦，快找些點心給大姑娘吃，莫餓壞了她。」過了片刻，傻姑大聲咀嚼，吃起東西來。她一邊吃，一邊道：「好兄弟，你說帶我回家去，叫我乖乖的聽你話，怎麼還不到家？」楊康道：「明兒就到啦，你吃得飽飽的睡覺罷。」

又過一會，傻姑忽道：「好兄弟，那寶塔上悉悉索索的，是甚麼聲音？」楊康道：「不是鳥兒，就是老鼠。」傻姑道：「我怕。」楊康笑道：「傻姑娘，怕甚麼！」傻姑道：「我怕鬼。」楊康笑道：「這裏這許多人，鬼怪不敢來的。」

傻姑道：「我就是怕那個矮胖子的鬼。」楊康強笑道：「別胡說八道啦，甚麼矮胖子不矮胖子的。」傻姑道：「哼，我知道的。矮胖子死在婆婆墳裏，婆婆的鬼會把矮胖子的鬼趕出來，不讓他住在墳裏。他要來找你討命。」楊康喝道：「你再多嘴，我叫你爺爺來領你回桃花島去。」傻姑不敢再說。忽聽沙通天喝道：「喂，踏著我的腳啦。給我安安靜靜的坐著別動！」想是傻姑怕鬼，在人叢中亂挨亂擠。

柯鎮惡聽了這番說話，疑雲大起：傻姑所說的矮胖子，定是指三弟韓寶駒了，他命喪桃花島上，明明是爲黃藥師所殺，他的鬼魂怎會來找楊康討命？傻姑雖然痴呆，但這番話中必有原因，苦於強敵當前，沒法出去問個明白。忽又想到：「黃藥師在煙雨樓前對我言道：『我黃藥師是何等樣人，豈能跟你這等人一般見識？』他既不屑殺我，又怎能殺我五個弟妹？但若不是黃藥師，四弟又怎說親眼見他害死二弟、七妹？」

正自心中琢磨，忽覺黃蓉拉過自己左手，伸手指在他掌心中寫了一字：「求」，接著一字一字的寫道：「……你一事」。柯鎮惡在她掌心中寫道：「何事」。黃蓉寫道：「告我父何人殺我」。

柯鎮惡一怔，不明她用意何在，正想拉過她手掌來再寫字詢問，突覺身旁微風一動，黃蓉已躍了出去，只聽她笑道：「歐陽伯伯，您好啊。」

衆人萬料不到神像後面竟躲得有人，只聽得擦擦、錚錚一陣響處，各人抽出兵刃，將她團團圍住，紛紛呼喝：「是誰？」「有刺客！」「甚麼人？」

黃蓉笑道：「我爹爹命我在此相候歐陽伯伯大駕，你們大驚小怪的幹甚麼？」

歐陽鋒道：「令尊怎知我會來此？」黃蓉道：「我爹爹醫卜星相，無所不通，起個文王先天神課，自然知曉。」歐陽鋒有九成不信，但知就算再問，她也不會說眞話，便笑笑不語。沙通天等到廟外巡視了一遍，不見另有旁人，當下環衛在完顏洪烈身旁。

黃蓉坐在一個蒲團上，笑吟吟的道：「歐陽伯伯，你害得我爹爹好苦！」

歐陽鋒微笑不答，他知黃蓉雖然年幼，卻機變百出，只要一個應對不善，給她抓住了岔子譏嘲一番，在衆人之前可難以下台。只聽她說道：「歐陽伯伯，我爹爹在新塍鎭小蓬萊給全眞敎的衆老道圍住啦，你若不去解救，只怕他難以脫身。」歐陽鋒微微一笑，說道：「那有此事？」黃蓉急道：「你說得好輕描淡寫！大丈夫一身做事一身當，明明是你殺了全眞敎的譚處端，那些臭道士卻始終糾纏著我爹爹。再加上個老頑童從中胡攪，我爹爹又不肯分辯是非，那怎麼得了？」

歐陽鋒暗暗心喜，說道：「你爹爹武功了得，全眞敎幾個雜毛，怎奈何得了他？」黃蓉道：「全眞敎的牛鼻子再加上個老頑童，我爹爹便抵擋不住。我爹爹又命我前來對你說，他苦思了七日七夜，已參透了一篇文字的意思。」歐陽鋒道：「甚麼文字？」黃蓉道：「摩訶波羅，揭諦古羅，斯里星，昂依納得。斯熱確虛，哈虎文砵英。」

這幾句嘰哩咕嚕的話，柯鎭惡與完顏洪烈等都聽得不明所以，歐陽鋒卻大吃一驚，這是九陰眞經下卷最後一篇中的古怪言語。眞經本文他讀了無數遍，幾乎已可背誦，這些怪話卻既難索解，更難記憶，難道黃藥師當眞參詳透了？他心中雖怦然而動，臉上卻絲毫不動聲色，淡然說道：「小丫頭就愛騙人，這些胡言亂語，誰又懂得了？」黃蓉道：「爹爹已把這篇古怪文字逐句譯出，從頭至尾，明明白白。我親眼所見，怎會騙你？」歐陽鋒素服黃藥師之能，心想這篇古怪文字要是始終無人能解，那便罷了，若有一人解識得出，則普天下捨黃藥師之外更無旁人，淡淡的道：「那可要恭賀你爹爹了。」

黃蓉聽他言中之意，仍然將信將疑，又道：「我看了之後，現下還記得幾句，不妨背給你聽聽。」唸道：「或身搔動，或時身重如物鎭壓，或時身輕欲飛，或時如縛，或時奇寒壯熱，或時歡喜躁動，或時如有惡物相觸，身毛驚豎，或時大樂昏醉。凡此種種，須以下法導入神通。」

這幾句經文只把歐陽鋒聽得心癢難搔。黃蓉所唸的，正是一燈大師所譯九陰眞經總旨中的一段。這諸般怪異境界，原是修習上乘內功之人常所經歷，修士每當遭逢此境，總是戰戰兢兢的鎭懾心神，以防走火入魔，豈知竟有妙法將心魔導化而爲神通，那眞是無上寶訣了。只因黃蓉所唸確是眞經經文，並非胡亂杜撰，歐陽鋒內功精湛，入耳即知眞僞，至此更無疑念，問道：「下面怎樣說？」

黃蓉道：「下面有一大段我忘了，只記得下面又說甚麼『遍身毛孔皆悉虛疏，即以心眼見身內三十六物，猶如開倉見諸麻豆等，心大驚喜，寂靜安快。』」她所背經文，頭一段是怪異境界，次一段是修習後的妙處，偏偏將中間修習之法漏了。

歐陽鋒默然，心想憑你這等聰明，豈能忘了，必是故意不說，但不知你來說這番話是何用意。

黃蓉又道：「我爹爹命我來問歐陽伯伯，你是要得五千字呢，還是得三千字？」歐陽鋒道：「請道其詳。」黃蓉道：「如果你去助我爹爹，二人合力，一鼓滅了全眞教，那麼這篇九陰神功的五千字經文，我盡數背給你聽。」歐陽鋒微笑道：「倘若我不去呢？」黃蓉道：「爹爹請你去給他報仇，待殺了周伯通與全眞六子後，我說三千字與你。」歐陽鋒笑道：「你爹爹跟我交情向來平平，怎地這般瞧得起老毒物？」黃蓉道：「我爹爹說道：第一，害死你姪兒的，是全眞教的嫡派門人，想來你該報仇……」

楊康聽了這話，不由得打個寒噤，他是丘處機之徒，黃蓉這話明明說的是他。儍姑正在他的身旁，問道：「好兄弟，你冷麼？」楊康含含糊糊的應了一聲。

黃蓉接著道：「第二，他譯出經文後就與全眞道士動手，不及細細給我講解，想這部奇書曠世難逢，豈能隨他湮沒？當今只有你與他性情相投，神通武功，足可與他並駕。承歐陽伯伯瞧得起，當日曾駕臨桃花島求親，你姪兒雖不幸爲全眞派門人所害，但我爹爹說，諒來你也還會顧念你姪兒，因此要你修習神功之後再轉而授我。」歐陽鋒胸口一酸，心下琢磨：「這番話倒也可信，若無高人指點，諒這小丫頭縱把經文背得滾瓜爛熟，也是無用。」轉念一想，說道：「我怎知你背的是眞是假？」

黃蓉道：「郭靖這渾小子已將經文寫與你了，我說了譯文的關鍵訣竅，你一加核對，自知眞假。」歐陽鋒道：「話倒不錯，讓我養養神，明兒趕去救你爹爹。」黃蓉急道：「救兵如救火，怎等得明日？」歐陽鋒笑道：「那麼我給你爹爹報仇，也是一樣。」他算計已定，經文在自己掌握之中，將來逼著黃蓉說出經文關鍵，自能參詳得透全篇文義，此時讓黃藥師與全眞教門個兩敗俱傷，豈不妙哉？

柯鎭惡在神像背後，聽兩人說來說去，話題不離九陰眞經，尋思黃蓉在他掌中寫了「告我父何人殺我」七字，不知是何用意。只聽黃蓉又道：「那你明日一早前去，好麼？」歐陽鋒笑道：「這個自然，你也歇歇罷！」

只聽黃蓉拖動蒲團，坐在傻姑身旁，說道：「傻姑，爺爺帶了你到桃花島上，怎麼你在這裏？」傻姑道：「我不愛跟著爺爺，我要回自己家去。」黃蓉道：「是這個姓楊的好兄弟到島上來，帶你坐船，一起來的，是不是？」傻姑道：「是啊，他待我眞好。」

柯鎭惡心念一動：「楊康幾時到過桃花島上？」只聽黃蓉問道：「爺爺那裏去啦？」傻姑驚道：「你別說我逃走啊，爺爺要打我的。」黃蓉笑道：「我不說，不過我問你甚麼話，你須得好好回答。」傻姑道：「你可不能跟爺爺說，他要來捉我回去，教我認字。」黃蓉笑道：「我一定不說。你說爺爺要你認字？」傻姑道：「是啊，那天爺爺在書房裏教我認字，說我爹爹姓曲曲兒，我也姓曲曲兒，他寫了個曲曲兒的字，叫我記住。又說我爹爹的名字叫曲曲兒甚麼風。我老是記不得，爺爺就生氣了，罵我傻得厲害。我本來就叫傻姑嘛！」

黃蓉笑道：「傻姑自然是傻的。爺爺罵你，爺爺不好，傻姑好！」傻姑聽了很是高興。黃蓉道：「後來怎樣？」傻姑道：「我說我要回家，爺爺更加生氣。忽然一個啞巴僕人進來東指西指、咿咿啊啊的，爺爺說：『我不見客，叫他們回去罷！』過了一會，那啞巴送了一張紙來，爺爺看了一看，放在桌上，就叫我跟啞巴出去接客人。哈哈，那矮胖子生得眞難看，我向他瞪眼珠，他也向我瞪眼珠。」

柯鎭惡回想當日赴桃花島求見之時，情景果眞如此，初時黃藥師拒見六人，待朱聰將事先寫就的書信送入，傻姑才出來接待，可是三弟現時已不在人世，心中不禁酸痛。只聽黃蓉又問：「爺爺見了他們麼？」傻姑道：「爺爺叫我帶同啞巴傭人請客人吃飯，他自己走了。我不愛瞧那矮胖子，偷偷溜了出來，見爺爺坐在石頭後面向海裏張望，我也向海裏張望，看見一艘船遠遠開了過來，船裏坐的人，爺爺說都是牛鼻子道士。哈哈，牛鼻子！」

柯鎭惡心道：「當日我們得悉全眞派大舉赴桃花島尋仇，搶在頭裏向黃藥師報訊，請他暫行避讓，由江南六怪向全眞派說明原委。可是在島上始終沒見全眞諸子到來，怎麼這傻姑又說有道士坐船而來？」

只聽黃蓉又問：「爺爺就怎樣？」傻姑道：「爺爺向我招手，叫我過去。我嚇了一跳，先前我溜了出來玩，他早就瞧見啦。我不敢過去，怕他打。他說我不打你，你過來。我就過去。他說他要坐船出海釣魚，叫我去對那些牛鼻子說：爺爺不在家，出海去了，叫他們回去，島上的路他們不認得。那些牛鼻子上了岸，我就去對他們說：『爺爺不在家，爺爺不喜歡見到牛鼻子。哈哈，牛鼻子，你們生了牛鼻子嗎？我看倒像是豬鼻子！』他們瞪眼不理我，我也向他們的豬鼻子瞪眼睛。他們就回進船裏去了。」黃蓉道：「後來呢？」

傻姑道：「後來爺爺就到大石頭後面去開船，我知道的，那些牛鼻子生得難看，爺爺不愛見他們。」黃蓉讚道：「是啊，你說得一點兒也不錯。爺爺甚麼時候再回來？」傻姑道：「甚麼回來？他沒回來。」

柯鎮惡身子一震，只聽黃蓉問道：「你記得清楚麼？後來怎麼？」只聽她問話的聲音也微微發顫，顯是問到了重大的關節所在。

傻姑道：「爺爺正要開船，忽然飛來了一對大鳥，就是你那對鳥兒啊。爺爺向鳥兒招手唿哨，這對鳥兒就飛了下來，鳥腳上還縛著甚麼東西，那眞好玩呢。我大叫：『爺爺，給我，給我，給我！』……」說到這裏，當眞大叫起來。楊康叱道：「別吵啦，大家要睡覺。」

黃蓉道：「傻姑，你說下去好了。」傻姑道：「我輕輕的說。」果眞放低了聲音說道：「爺爺不理我，在袍子上撕下一塊布來，縛在大鳥足上，把大鳥又放走了。」黃蓉嗯了一聲，自言自語：「爹爹要避開全眞諸子，怪不得沒空去取金娃娃，但不知雌鵰身上那枝短箭是誰射的？」問道：「誰射了鳥兒一箭？」傻姑道：「射箭？沒有啊。」說著呆呆出神。黃蓉道：「好，再說下去。」傻姑道：「爺爺見袍子撕壞了，就脫了下來，叫我回去給他拿過一件。等我拿來，爺爺卻不見啦，牛鼻子的船也不見啦，只有那件撕壞的袍子抛在地下。」

她說到這裏，黃蓉不再詢問，似在靜靜思索，過了半晌，才道：「他們去了那裏呢？」傻姑道：「我瞧見的。我大叫爺爺，聽不到他答應，就跳到大樹頂上去張望，我見爺爺的小船在一邊，牛鼻子的大船在另一邊，慢慢的就都開得不見了。我不愛去見那矮胖子，就在沙灘上踢石子玩，直到天黑，才領這爺爺和好兄弟回去。」黃蓉問道：「這爺爺，不是教你認字的那個爺爺罷？」傻姑嘻嘻笑了幾聲，說道：「這個爺爺好，不要我認字，還給我吃糕兒。」黃蓉道：「歐陽伯伯，你糕兒還有麼？再給她幾塊。」歐陽鋒乾笑道：「有啊！」柯鎭惡一顆心似乎要從腔子中跳躍而出：「原來歐陽鋒那日也在桃花島上。」

猛聽得傻姑「啊喲」一聲叫，接著啪啪兩響，有人交手，又是躍起縱落之聲，只聽黃蓉叫道：「你想殺她滅口嗎？」歐陽鋒笑道：「這事瞞得了旁人，卻瞞不過你爹爹。我又何必殺這傻姑娘？你要問，痛痛快快的問個清楚罷。」但聽得傻姑哼哼唧唧的不住呻吟，卻再也說不出話來，想是爲歐陽鋒打中了甚麼所在。

黃蓉道：「我就不問，也早已猜到了，只是要傻姑親口說出來罷了。」歐陽鋒笑道：「你這小丫頭也眞鬼機伶，但你怎能猜到，倒說給我聽聽。」

黃蓉道：「我初時見了島上的情形，也道是爹爹殺了江南五怪。後來想到一事，才知決然不是。你想，我爹爹怎能讓三個臭男子的屍身留在我媽媽墓中陪她？又怎能從墓中出來之後不掩上墓門？」歐陽鋒伸手在大腿上一拍，叫道：「啊喲，這當眞是我們疏忽了。康兒，是不是？」

柯鎭惡只聽得心膽欲裂，這時才悟到黃蓉原來早瞧出殺人兇手是歐陽鋒、楊康二人，她突然出去，原是捨了自己性命揭露眞相，好爲她爹爹洗清冤枉。她明知這一出去凶多吉少，是以要柯鎭惡將害死她之人去告知她爹爹。他又悲又悔，心道：「好姑娘，你只要跟我說明兇手是誰，也就是了，何必枉自送了性命？」轉念一想：「我飛天蝙蝠性兒何等暴躁，瞎了眼珠，卻將罪孽硬派在她父女身上。她縱然明說，我又豈肯相信？柯鎭惡啊柯鎭惡，你這殺千刀的賊廝鳥，臭瞎子，是你生生逼死這位好姑娘了！」

他自怨自艾，正想舉手猛打自己耳光，只聽歐陽鋒又道：「你怎麼又想到我身上？」黃蓉道：「想到你並不難，掌斃黃馬、手折秤桿，當世有這功力的寥寥無幾。不過初時我還當是別人。靖哥哥問南希仁，是誰害他的，南希仁嘴裏不能說話了，臨死時用手指在地下劃字，要寫出殺他之人的姓名，只寫了三筆，沒寫完便斷了氣。」

歐陽鋒呵呵大笑，說道：「南希仁這漢子倒也硬朗，竟然等得到見你。南希仁先躲了起來，我們一點人數，少了一個，留下終是禍患，找了幾天沒找到，幸好康兒有一幅桃花島的總圖，甚麼古怪小路、機關布置，圖中全部寫得都有。我們按圖索驥，找了幾天才尋著他。」

黃蓉心道：「楊康怎會有我島上總圖？啊，是了，當日歐陽克來求婚，我爹爹將島上總圖借了給他，楊康在牛家村殺了歐陽克，自然在他身上將總圖搜了出來。那麼他們能開啓我媽媽的墓門，全都不奇了。」說道：「我見南希仁臨死時的情狀，必是中了怪毒，我還猜想是裘千仞，這老兒練毒掌，當時便猜到了他身上。」歐陽鋒笑道：「裘千仞武功了得，是在掌力不在掌毒。他掌上沒毒，用毒物熬練手掌，不過是練掌力的法門，將毒氣逼將出來，掌力自然增強。那南希仁死時口中呼叫，說不出話，臉上卻露笑容，是也不是？」黃蓉道：「是啊，那是中了甚麼毒？」歐陽鋒不答，又問：「他身子扭曲，在地下打滾，力氣卻大得異乎尋常，是也不是？」黃蓉道：「是啊。如此劇毒之物，我想天下捨裘鐵掌外，再也無人能有。」

黃蓉這話明著相激，歐陽鋒雖知其意，仍忍耐不住，勃然怒道：「人家叫我老毒物，難道是白叫的嗎？」蛇杖在地下重重一頓，喝道：「就是這杖上的蛇兒咬了他，咬中了他舌頭，是以他身上無傷，說不出話。」柯鎮惡聽得熱血直湧入腦，幾欲暈倒。

黃蓉聽得神像後微有響動，急忙咳嗽數聲，掩蓋了下去，緩緩說道：「當時江南五怪給你盡數擊斃，逃掉的柯鎮惡又沒眼珠，以致到底是誰殺人都辨不清楚。」

柯鎮惡聽了此言，心中一凜：「她這話是點醒於我，叫我不可輕舉妄動，以免兩人一齊送命，死得不明不白。」

卻聽歐陽鋒乾笑道：「這個臭瞎子能逃得出我的手掌？我是故意放他走的。那南希仁見到我殺人，因此儘管他躲得好，我們就算多花幾天，也非找到他滅口不可。至於柯瞎子嗎，不妨饒他一條性命。」黃蓉道：「啊，是啦。你殺了五人，卻教柯大俠誤信是我爹爹殺的，讓他出去宣揚此事，好令天下英雄羣起而攻我爹爹。」歐陽鋒笑道：「這倒不是我的主意，是康兒想出來的，是麼？」楊康又含含糊糊的應了聲。

黃蓉道：「這當眞是神機妙算，佩服，佩服。」歐陽鋒道：「咱們可把話題岔開去啦。後來你怎麼又想到是我？」黃蓉道：「我想裘千仞曾在荊湖北路和我交手，雖說他也可趕在頭裏，先到桃花島，但要快過小紅馬，終究難能。我再想南希仁只寫了三筆，一劃、一短豎，再是一劃連鉤，說是『東』字的起筆固然可以，是『西』字也何嘗不能？若非東邪，定是西毒了。這一點我在桃花島上早就想到，但當時尚有許多枝節想不明白。想你們怎麼能進我媽媽的墓室？當日你帶姪兒來求婚，我爹爹將島上總圖借了給你姪兒，言明三個月交還，後來也沒交還，這總圖落入了誰的手裏，現今自然推想得到了。」

歐陽鋒嘆道：「我只道一切都做得天衣無縫，原來仍留下了這許多線索。南希仁多半見到我們神色不對，進墳墓時故意落後，一見我殺全金發，立即逃出。」

黃蓉道：「南四俠平時不大說話，爲人卻十分機伶。我苦苦思索韓小瑩在我媽玉棺上所寫的那個小『十』字，到底她想寫甚麼字。只因我想這位小王爺武藝低微，決沒本事一舉殺了江南五怪，是以始終想不到是他。」楊康哼了一聲。

黃蓉道：「那天我孤身一人留在桃花島上，迷迷糊糊的醒了又睡，睡了又醒，始終猜不透。我夢見了很多人，後來夢到穆家姊姊，夢見她在中都比武招親。我突然從夢中驚醒，跳了起來，才知兇手原來是這位小王爺！」

楊康聽了她這幾句語音尖銳顫抖的話，不由得嚇出一身冷汗，強笑道：「難道是穆念慈託夢給你？」黃蓉道：「是啊，若不是這個夢，我怎會想到是你？你那隻翡翠小鞋呢？」楊康一怔，厲聲道：「你怎知道？又是穆念慈在夢中說的？」黃蓉冷笑道：「那何用說？你們二人將朱聰打死後，把我媽媽墓裏的珠寶放在他懷裏，好教旁人見了，只道他盜寶給我爹爹見到，因而喪生。這栽贓之計原本大妙，只你忘了一節，朱聰的外號叫作妙手書生。」

歐陽鋒好奇心起，問道：「是妙手書生便又怎地？」黃蓉道：「哼，知道在他身上放寶，卻不知從他身上取寶。」歐陽鋒不解，問道：「甚麼取寶？」黃蓉道：「朱聰武功雖不及你，但他在臨死之前施展妙手，在這位小王爺身上取了一物，握在手中，你們居然始終不覺。若非此物，我萬萬料想不到小王爺竟曾光降過桃花島。」

歐陽鋒笑道：「此事有趣得緊，這妙手書生倒也厲害，性命雖已不在，卻能留下話來。他取的那物，想必是甚麼翡翠小鞋了。」黃蓉道：「不錯。媽媽墓中寶物，我自幼見熟，這翡翠小鞋卻從未見過。朱聰死後仍牢牢握住，必有緣故。這小鞋正面鞋底有個『比』字，反面有個『招』字，我總想不明是甚麼意思，那晚做夢，見到穆家姊姊在中都街頭賣藝，豎一面『比武招親』的錦旗，這一下教我豁然而悟，全盤想通了。」

歐陽鋒笑道：「這鞋底的兩個字，原來尚有此香艷典故，哈哈，哈哈！」他笑得高興，柯鎮惡卻愈聽愈怒，只黃蓉如何想通，尚未全然明白。黃蓉料他不懂，當下明裏說給歐陽鋒聽，實則向他解釋：「那日穆姊姊在中都比武招親，小王爺下場大顯身手，我湊巧也趕上瞧這場熱鬧。比到後來，小王爺搶下了穆姊姊腳上一對繡鞋。這場比武是他勝了，說到招親，後來卻糾葛甚多。」

只因這場比武招親，日後生出許多事來。當時梁子翁、沙通天等在旁目睹，此後完顏洪烈喪妻、楊康會見本生親父等情由，亦均從此而起。眾人聽到了，各生感慨。

黃蓉道：「既然想到了此事，那就再也明白不過。小王爺與穆姊姊日後私訂終身，定情之物，最好自然是彫一雙玉鞋了。這雙玉鞋想來各執一隻，這一隻有『比、招』二字，那一隻鞋上定是『武、親』二字。小王爺，我猜得不錯罷？」楊康不答。

黃蓉又道：「這個關節既然解開，其他更沒疑難了。韓寶駒身中九陰白骨爪身亡，世上練這武功的原只黑風雙煞，可是這兩人早已身故，旁人只道黑風雙煞的師父亦必精擅，豈知我爹爹固然從未練過九陰眞經中的任何武功，而鐵屍梅超風生前卻還收過一位高足。韓小瑩在墓室中親眼見到小王爺用九陰白骨爪揷死她堂兄韓寶駒，恐怖之極，她當時揮劍自殺，臨死之前，左手手指蘸了鮮血，在我媽的棺蓋上要寫小王爺的名字，但沒能寫完就死了，她所寫的那個小小『十』字，自然是『楊』字的起筆。想不到郭靖那渾小子定要說是個『黃』字。」說到此處，不禁黯然。

歐陽鋒縱聲長笑，說道：「棺蓋上這個小小『十』字，我見了本想抹去，還是康兒腦筋動得快，他說：『這不是「黃」字的起筆嗎？』我想不錯，就讓這血字留下了！哈哈！怪不得郭靖那小子在煙雨樓前要跟你爹爹拚命。」

黃蓉嘆道：「你們的計策原本大妙，那渾小子悲怒之中更難明是非。我先前還道是你逼著島上啞僕帶路，原來是傻姑領你們進內。想必小王爺答應帶她回牛家村，傻姑喜歡之極，便對你們惟命是從。其實就算沒傻姑帶路，小王爺既有島上總圖，儘可任意來去。定是你們兩人埋伏在我媽媽墓內，命傻姑託言是我爹爹邀請，騙江南六怪進墓。歐陽伯伯攔在墓門，那江南六怪如何能再脫毒手？這是個甕中捉鱉之計啊。」

柯鎮惡聽她所說，宛若親見，當日在墓室門外給人堵門屠殺、自己和南希仁及時逃出的情況，立時又在腦中出現，只聽黃蓉又道：「歐陽伯伯在海邊撿了我爹爹的長袍，穿戴起來，墓室之中本甚昏暗，六怪一上來就給傷了幾人，南希仁特別機警，他走在後面，聽到歐陽伯伯折斷全金發的秤桿，立刻拉了柯鎮惡轉身逃走，當時他還以為殺全金發的是我爹爹，其實朱聰與全金發是歐陽伯伯所殺，韓寶駒是小王爺所殺，韓小瑩自刎而死，柯南二人卻逃出墓穴。你們故意放柯鎮惡逃命，南希仁也逃了出去，在偏僻處躲了數日，最後隔了幾天，歐陽伯伯和小王爺才找到南希仁，使毒蛇咬死了他。

「你們在墓室中殺人之後，又回到我爹爹精舍，將桌椅門窗打得稀爛，好裝得是我爹爹與六怪動手所打壞。歐陽伯伯，你要殺六怪，他們擋不住你的一招。我爹爹要殺他們，也不用使第二招，用不著在精舍裏打得這麼一塌胡塗吧。這真是欲蓋彌彰了，當時我一見就知道不對。」

歐陽鋒嘆道：「小丫頭也算得料事如神，此事機緣湊合，也是六怪命該如此。我與康兒前赴桃花島之時，倒不知六怪是在島上。」黃蓉道：「是啊，想江南六怪在江湖上名頭雖響，卻也只憑得俠義二字，若說到功夫武藝，如何在你歐陽伯伯眼裏。你們兩人這般大費周章，定是另有圖謀。」歐陽鋒笑道：「小丫頭聰明機伶，料來也瞞你不過。」

黃蓉道：「我猜上一猜，倘若猜錯，歐陽伯伯莫怪。我想你到島上之初，本盼全眞諸子和我爹爹鬥得兩敗俱傷，你來個卞莊刺虎，一舉而滅了全眞教和桃花島。那知到得遲了一步，我爹爹和全眞教道士都已離島他往。小王爺盤問傻姑，得知六怪卻在，嗯，於是你們兩位大顯身手殺了五怪，裝作是我爹爹所爲，再將島上啞僕盡數殺死，毀屍滅跡，從此更無對證。生怕南希仁說出眞相，因此說甚麼也要找到他來殺了。日後事發，洪七公、段皇爺等豈能不與我爹爹爲難？小王爺又怕我爹爹回桃花島後毀去你們留下的種種痕跡，是以故意放柯鎭惡逃生。這人眼睛瞎了，嘴裏舌頭卻沒爛掉。他眞相瞧不見，胡言亂語卻是會說的。」

柯鎭惡聽了這番話，不由得又悲憤，又羞愧。只聽歐陽鋒嘆道：「我眞羨慕黃老邪生了個好女兒。諸般經過，委實曲折甚多，你卻一切猜得明明白白，有如親眼目睹一般。小女娃兒，你當眞聰明得緊啊。」

射鵰英雄傳(大字版) / 金庸作.　-- 二版.
-- 臺北市：遠流，2017.10
冊；　公分. -- (大字版金庸作品集；9–16)

ISBN 978-957-32-8121-4 (全套：平裝).

857.9　　　　　　　　106016843